겪어 봤어?

해외 건축 현장 수기

겪어 봤어?

최동수 지음

좋은땅

순서

4부 카타르 도하에서 생긴 일
- 카타르 국립대학 신축 공사

1부

바레인에 첫발을 딛다

바레인 국립은행 증축 공사

2년 (1976~1978)

잘 살아 보세

오늘 같으면 직원이고 근로자고 할 것 없이 공감이 가지 않을 얘기를 하는 것이다. 내가 출국하던 48년 전 4월은 토요일에 아파트에서 자가용을 타고 야외로 나가던 시절이 아니었다. 그 16년 전에는 부통령을 지냈던 고 이기붕 집 냉장고에 수박이 있다고 매스컴이 떠들썩했었다.

바레인 국립은행 건축 공사 현장에서는 매일같이 샛별 보기 운동을 하였다. 열대 지역의 오후는 너무 뜨거워서 자동차 보닛 위에 달걀을 부칠 수 있을 정도였다. 이에 적응하기 위해 현지인들이 3시간의 시에스타(낮잠 시간)를 갖는 까닭이 있었다.

초창기에는 새벽 6시 반에 조회와 체조를 한 다음에 7시부터 작업을 시작하였다. 근로자의 대열은 현역 군인처럼 질서정연하였다. 모두 신출내기 어린 신병이 아니라 제대 군인 출신이어서 정렬에도 익숙하였다. 지금 생각해도 당시의 근로자들은 참으로 건실하였다. 오직 가족을 먹여 살린다는 일념으로 묵묵히 작업에 열심히 임하였다.

조회가 끝날 때 우리 현장의 구호는 **"잘 살아보세"**였다.

겪어 봤어?

당시 중동 건설 현장의 관행은 일주일 내내 작업하는 방식이었고, 필요할 때는 밤낮을 가리지 않고 작업을 강행했지만 아무도 이의를 제기하는 사람이 없었고 다들 그러려니 하였다. 딱하기는 하지만 그 덕분에 근로자들은 더 많은 돈을 집에 보낼 수 있었고 건설 회사도 이익을 창출할 수 있었으며 세계 각국에서 한국인은 부지런하다는 소문이 나게 된 것이다. 근로자들은 숙소에 돌아가면 씻고 쉬지만, 직원의 경우 야간 근무를 당연하게 생각하였다. 직원들은 식사와 낮잠 시간을 제외하고 12시간을 근무한 셈이다.

잊을 수 없는 사람

1976년 4월 5일, 해외는커녕 제주도조차 가 본 적이 없는 내가 난생처음으로 바레인(Bahrain)이란 나라에 도착한다. 처음 부임한 중동 지역이라 거기서 겪은 일들은 책 한 권에 담아도 부족할 지경이다. 여기서는 간추려서 내게 크나큰 도움을 베풀어 준 은인 세인 존(Mr. Saint W. John)에 관한 글을 엮어 볼까 한다. 내가 공무 책임을 맡은 공사는 바레인의 수도 마나마시 한복판 해안가에 바레인 국립은행을 증축하는 공사다. 이 공사는 기존의 3층 은행 건물에 붙여서 서울 세종로에 있는 현대건설의 구사옥만 한 17층 건물을 증축하는 것이다. 공사 감리는 영국계 서덜랜드 필치(Sutherland Pilch)라는 회사가 맡았다. 감리 회사 사무실은 시내 중심가의 시장(Souk)에 있는 자산말 백화점 위층에 있었다. 우리 지점 사무실도 같은 건물에 있었다.

당시는 현장 개설 초기라 나 혼자 먼저 부임하였으므로 첫인사 겸해서 감리 회사를 방문하였다. 설계도면 한 보따리와 국내에서 내가 직접 작성한 공사 시방서를 제출했더니 감리 책임자 세인 존이 대충 훑어보다가 쓰레기통에 넣는 시늉을 했다.

바레인은 아직 산업 기준을 제정하지 못했으므로 모든 건설 공사 관련 기준은 영국의 B. S(British Standard)를 적용했는데, 그걸 겁도 없이 마구 수정한 게 문제였다. 특히 시공 기준(B.S.C.P - Cord of Practice)에 있는 그늘 기온(shade temperature)을 30도에서 33도로 고쳐 쓰는 등, 말도 안 되는 엉터리 시방서라는 것이었다.

눈물을 머금고 사무실로 돌아와서 밤을 새우다시피 하며 항의 공문을 작성해서 다음 날 아침 일찍 세인 존을 찾아간다. 내 설명인즉 우리 회사는 계약서에 있는 대로 B.S 기준을 따르겠지만, 현지 환경에 적합지 않은 사항은 '특기 시방서'로 제출할 권리가 있으므로, 감리자는 마땅히 이를 검토해서 적용 여부를 판단해 주어야 하지 않겠느냐는 요지였다. 세인 존은 어제의 쓰레기통 건에 대해 사과했고, 그걸 계기로 우리는 빠르게 친해졌다.

바레인은 호텔에서 술을 서브한다. 우리는 매주 한 번 정도는 호텔 로비에서 만나 대화를 나누었다. 얼마 후에 세인 존이 발주처인 국립은행의 건축 담당 직원으로 입사한다. 그 시절에는 정부의 중요한 기술 업무는 영국인을 고용하여 처리했는데, 건축 허가나 소방법 적용 등 대부분의 기술 부서는 영국인이 책임 맡고 있었다. 한편 바레인에 거주하는 영국인들은 클럽을 만들어서 가깝게 지내고 있었으므로, 건설에 관한 문제들은 거의 다 그들이 제기했고, 해결하여 주기도 하였다. 내가 우울한 기색을 보일라치면 즉시 무슨 일인가 묻고 해결책을 제시해 주는 게 그의 역할이었다고 봐도 과언이 아니었다.

그의 도움을 받은 일들을 돌이켜 본다.

■ DS 파일

국내 출발에 앞서 서둘러 발주한 게 건물의 기초 보강용 철제 파일이다. 이 파일들은 내가 부임한 지 얼마 되지 않아서 현지에 도착하여 공사장 옆에 야적장 용으로 허락받은 주차장에 산같이 쌓였다. 세인 존은 감리에 철저하면서도 내심으로는 나를 돕는 양면성을 지녔다. 야적장에 적재된 철제 파일을 보더니 그건 바다 밑에 잭킷 기초 보강용으로는 사용되지만 해안가에서는 아황산 성분을 함유하여 부식될 염려가 있으므로 육상에서는 사용하기 곤란하다며 현지에 있는 프랭키 파일을 소개하였다. 프랭키 파일은 땅에 구멍을 뚫고 강관을 삽입한 다음, 그 속에 철근콘크리트를 주입하면서 다시 강관을 뽑아내는, 지지력과 마찰력을 공유하는 우수한 파일 공법이다. 그러나 그리되면 철제 파일은 무용지물이 된다. 나는 철제 파일을 꼭 써야 한다고 솔직히 털어놓았다. 나는 비교적 솔직한 점에 신용을 얻는 것 같다. 결과적으로 근처에서 건설 중인 우리 회사의 수리 조선소(Dry dock) 공사 현장의 크레인과 디젤 햄머를 지원받아 철제 파일을 박고 그 속을 철근 콘크리트로 채워 넣었다. 프랭키 파일 엔지니어는 이런 공법은 네가 개발하였으니 파일 이름을 DS 파일이라고 하라고 명명해 주었다.

우리나라에서는 아파트의 층간 소음 때문에 말썽이 자주 일어나고 있다. 서구에서는 심야에 집안에서 피아노라도 치면 이웃에 고발당하기도 한다. 현지 사정을 전혀 모르는 우리는 국내에서 하던 식으로 24시간 철야 작업으로 파일을 때려 박았다. 그것도 시내 한복판에서. 심야에 들으면 마치 폭탄 터지는 소리처럼 쿵쾅거리면서 땅이 들썩거린다. 이야말로 민원을 넘어서 시위감이다.

어느 날 신문에 짤막한 기사가 실렸다. "한국계 건설업체가 밤잠을 잘 수 없도록 파일을 때려 박고 있다. 우리나라를 위해서 멀고 먼 나라에서 왔으니 고맙다고 해야 할까?" 다행히 왕궁이 이사 타운(Isa Town)이란 먼 곳에 있어 그 소리를 못 들었을 것이다. 왕국의 백성들은 왕이 아무 말 하지 않는

한 가만히 있다. 참으로 착한 백성들이다.

▪ 방화피복(Fire Protection Spray)

소방서에서 건축 허가 조건으로 철골 구조물에 방화 피복을 해야 한다는 단서를 달았다. 당초 설계와 예산에는 없었으나 할 수 없이 지적받은 대로 시행하였다. 세인 존이 국립은행의 건축 공사 담당으로 취업한 후 어느 날 찾아왔다. 자기가 검토해 보니 우리가 공사를 입찰한 시점과 BSCP에 방화 피복이 제정된 시기가 다르니 방화 피복에 대한 클레임을 제출하면 도와주겠노라고. 세인 존이 알려 준 대로 방화 피복 공사 비용 전액을 보상받았다.

▪ 몰티스 락(Mortice lock)

지금 우리나라 아파트에 달린 문 자물쇠는 거의 다 상자정(箱子錠, Mortice Lock)이지만 당시 우리나라에는 실린더락(Cylindrical Lock)이 유행해서 몰티스 락에 대해서는 감감하였다. 우리 시중에서는 한 세트가 상자에 담겨 오지만, 영국 카다로그를 보면 몰티스 한 가지에 커버 플레이트, 손잡이에 와셔까지 각양이어서 나의 알량한 지식으로는 도저히 선정할 수가 없었다. 할 수 없이 세인 존의 도움을 받아서 함께 구색을 맞추었다. 나중에 런던 지점에서 부품이 한 개도 빠짐없이 완벽했다고 들었다.

■ 아노다이징(Anodizing)

아노다이징은 알루미늄 표면에 양극산화로 피막을 만드는 기술로 표면에 녹이 슬지 않고 외관이 아름다운 피막을 입혀 주는 것이다. 물론 한국 K.S.에도 있지만 기술자인 나까지도 K.S. 마크가 있으면 그냥 믿었을 뿐 K.S.의 어느 규격품인지 확인해 보지는 않았다. 세인 존의 말로는 해풍이 있는 지역에서는 아노다이징의 두께가 18마이크론 이상 되어야 한다고… 그런 것도 모르는 내가 무슨 '엔지니어'라고? 나 자신이 한심스러웠다.

세인 존, 그분이야말로 나를 해외 전문 시공 기술자답게 성장시켜 주었고, 특히 중동 여러 나라의 공사 시방에 적용되는 B.S. 기준을 정확히 이해하고 판단하는 엔지니어로서의 전문성을 일깨워 주었다. 그분 덕분에 "내가 아니면 누가 하랴?"는 마음에서 18년간이나 줄곧 해외 현장에서 근무하게 되었는지도 모른다.

퀵 리프트

근래 아파트 건축 공사 현장에는 건물 외벽에 철재로 만든 엘리베이터가 오르락내리락하는 것을 볼 수 있다. 이게 바로 '퀵 리프트(Quick Lift)'라는 기구이다. 퀵 리프트는 자재도 올리고 근로자도 타므로 어언 우리나라에서도 고층 건물 공사에 없어서는 안 되는 지경에 이르렀다.

그 시절 국내 공사 현장에서는 '호이스트 윈치'라고 부르는 구닥다리 기구를 사용했다. 이는 윈치에 와이어를 감아 드럼통 같은 걸 매달고 자재를 담아서 상층부로 올리는 방식이다. 지금은 국내 현장에서 눈 씻고 찾으려 해도 보기 힘들다. 호이스트 윈치의 위험성은 차치하고서라도, 사람이 탈 수 없으므로 근로자는 등짐을 지고 모든 자재를 상층부까지 운반하여야 한다.

해외에서 공사를 하게 되면 많은 최신 장비를 만난다. 굳이 돌아다니지 않아도 장비업체에서 찾아와 카탈로그를 내밀기도 하고 실물 구경도 할 수 있다. 나는 퀵 리프트의 카탈로그와 가격표를 소장에게 보이고 사자고 하였다.

"벌써 들어와 있는 윈치를 그냥 쓰라고!" 하며 카탈로그는

겪어 봤어?

들춰 보지도 않은 채 소장이 대답하였다. 그리고는 덧붙여 "이담에 최 과장이 소장되면 실컷 써 보라고" 하면서 에어컨으로 향했다. 그분은 광화문에 있는 현대건설 구사옥을 준공시킨, 작업을 밀어붙이는 데는 당할 사람이 없는 돌관 공사의 베테랑이었다. 하지만 구태의연한 작업 관행이 몸에 배어 해외 공사의 감을 잡는 데 더뎠다. 나도 할 말은 없었다. 바레인 은행의 견적을 내가 했고, 동원 시 윈치를 청구한 것도 나였다. 모두 내 탓이다.

은행 공사에 나온 근로자들은 고층 아파트가 별로 없던 그 시절에 막 진행된 압구정동의 고층 아파트 공사장에서 일하다 나온 사람들이 꽤 있었다. 순박한 그 근로자들은 힘이 좀 들더라도 그저 걸어서 올라가려니 하고 불평하지 않았다. 그러나 40도를 넘나드는 열사의 땅에서 근로자들에게 17층을 걸어 올라가라는 말에는 동의할 수 없었다. 기왕 해외 공사를 수행하려면 열대 환경에 적합한 효율적인 방법을 찾아야 마땅했다.

결국 국내와 마찬가지로 17층이나 되는 건물에 '퀵 리프트' 없이 윈치를 사용해서 자재를 올렸고 근로자들은 계단으로 오르내리게 되었다. 퀵 리프트의 도입을 끝내 관철시키지 못한 나는 지금 생각해도 한없이 부끄럽다.

"미안하다!" 그때가 1976년이니까 지금부터 48년 전 일이다. 그게 해외 초창기 공사 현장의 한 단면이었다.

"펑!" 하며 불길이

바레인 은행 공사 시절 지하 방수 작업을 할 때 일이다. 축구장만 한 크기의 주차장 일부를 할애받아 플라스틱 체인으로 구간을 설정하고 현장용 야적장으로 사용 중이었다. 한쪽에는 블록 벽을 쌓아 폐기물 처리장을 만들고 그 옆에는 연통이 달린 작은 소각로도 만들었다. 비투멘(역청) 방수포는 끈끈이 면에 기름종이가 덮여 있으므로 시공 전에 기름종이를 벗겨 내고 바닥이나 벽면에 부착시킨다. 십장을 시켜 벗겨 낸 기름종이를 뭉쳐서 트럭에 싣는 중에 마침 지나치던 소장이 참견한다.

"뭘 하고 있는 거야?" 소장이 묻는다.

"네, 기름종이 버리러 갑니다." 십장이 대답했다.

"그냥 태워 버려!" 하고 말하면서 소장이 저쪽으로 가는 중이었다. 내가 시켜서 하던 일이고 근처에 주차하는 현지인들에게 행여 불편이라도 끼칠까 봐 지켜보던 중이었다. 십장이 나를 힐끔 쳐다보자, 내가 머쓱해서 잠자코 있으니 바로 기름종이에 불을 붙였다. 순간 "펑!" 하며 불길이 2층 높이만큼이나 솟아오르는 게 아닌가? 저만치 걸어가던 소

겪어 봤어?

장이 휙 돌아보더니,

"야! 누가 불 지르라고 했어?"

홧김에 항의하려고 사무실로 소장을 찾아갔다.

"조금씩만 태울 줄 알았지...!" 그 십장이 소장의 조카인데 누구 말을 더 잘 따를 것인가.

공구장급 이상은 내가 직접 운전을 가르쳤다. 그리고 현장에서 똑바로 가다가 교차로 두 블록을 지난 다음에 한 번은 좌회전, 또 한 번은 우회전을 하면서 8자로 연습을 하면서 돌아오라고 숙제를 내 주었다. 어느 날 그 공구장이 땀을 뻘뻘 흘리며 걸어서 돌아왔다. 왜 택시를 타지 않았느냐고 물었더니 "택시를 부를 줄 몰라서"라고. 그 친구의 차가 거친 도로에 솟아올라 있는 큰 돌 위에 올라타자 차의 네 바퀴가 들려서 내려올 수가 없더라고, 내 말대로 포장도로만 달리지 않고 제 딴에는 좀 더 멀리 가고 싶었던 모양이다. 하긴 나도 내 차만 타고 다녔으므로 택시가 있기는 하나 어떻게 부르는지는 몰랐었다.

한번은 소장이 또 걸어왔기에 물어 보니 네거리 코너에서 급히 우회전을 하다가 자동차의 앞뒤 바퀴 사이에 코너의 커브 스톤이 끼어서 꼼짝달싹을 못 하겠더라고. 결국 내 탓이다. 참 헷갈린다.

오너의 한마디

바레인 시절에 생긴 에피소드이다. 현대그룹의 오너(Owner) 고 정주영 회장님의 생전에 그룹 내에서는 王회장님이라고 호칭하였다. 중동 건설 초창기에는 왕회장님께서 건설 현장을 자주 방문하셨다. 이번 방문 시에는 각 현장의 정리 정돈 상태를 평가하여 포상한다는 통보를 받았다. 왕회장님은 늘상 공사의 품질관리는 현장 정리를 따라온다고 하셨으므로, 각 공사 현장마다 내부는 물론 외부에 야적된 자재도 질서정연하게 정리 정돈하였다. 나는 공사용 모래를 가지런히 야적된 시멘트 블록 벽에 단정하게 기대서 쌓아 두었다.

왕회장님이 현장을 둘러보다가 나를 부르시더니 "블록을 들어내면 모래가 무너지니까 따로 쌓도록 하라"고 자상하게 말씀하셨다. 왕회장님이 떠난 후에 현장 소장이 나에게, 최 과장은 이제 왕회장님께 찍혔으니까 끝났다고 걱정하면서 "귀국하면 어디 다른 회사를 알아보는 게 낫겠다"고 말하였다. 왕회장에게 지적을 받으면 그걸로 찍혔다고 판단한 것이다.

특히 오너가 창업주인 대기업에서는 그의 영향력이 王처럼 거의 절대적이란 것이다. 예를 들어 어떤 직원이 오너와 스쳐 지나다 우연히 한번 눈밖에 벗어나면 그의 잘잘못과는 관계없이 직장 내에서의 사활이 좌우된다는 의미이다. 이는 그를 해바라기처럼 추종하는 따까리들의 사고방식에 문제가 더 있는 듯하다. 나는 솔직히 어찌해야 할 바를 모르고 안절부절하며 며칠이 지났다.

지난번에 왕회장님께서 방문하셨을 때 일이다. 저녁에 전 직원이 만찬 겸 회의장에 모였다.

왕회장님께서 말씀 도중에 "거기 뒤에 누구야, 왜 그렇게 번쩍번쩍해?"라고 한마디 하셨다. 그는 기계 설비 과장으로 대머리였는데 날씨가 더울 때는 가발을 쓰지 못한다. 왕회장님의 지적을 받게 되자, 그 후부터는 상사들이 그를 벌레 보듯 따돌리고 아무도 가까이하지 않았다. 실력이 있던 대머리 과장은 이내 조기 귀국하였고 회사에서 사직하고 말았다.

사우디로 건너간 왕회장님은 다른 현장도 골고루 둘러본 연후에 "바레인 은행 현장이 제일 낫다"고 말씀하셨단다. 기사회생(起死回生)!

당시 사우디에는 주베일 산업항 공사와 해군기지 공사를

진행하고 있었다. 그 현장들이 현장 정리에 소홀할 리가 없다. 다만 왕회장은 더 잘 하라고 경종을 울려 준 것이다.

현장 정리에는 무리도 따른다. 내가 한국전력에서 당인리 화력발전소 5호기 건설 현장에 근무할 때 일이다. 같은 부지 내에 서울 화력 1호기 신축 공사도 동시에 건설 중이었다. 어느 날 박정희 대통령의 최대 관심사인 발전소 공사 현장을 방문한다는 통보가 왔다. 대통령을 맞이하기 위해 현장 정리하느라 난리가 났다. 특히 철근의 야적 상태가 문제였다. 철근 가공은 작업장 가까운 곳에서 작업하므로 본공사 2개소와 각종 부대 공사 때문에 여기저기 산재되어 있었다. 철근을 들어다 한곳에만 야적하기에는 어려움이 있어서, 나중에는 흩어진 철근 잔재들을 땅을 파고 한군데 몰아서 파묻는 일까지 생겼다.

미국 포드사의 회장을 지냈던 '리 아이야코카' 자서전에 보면 오너 회장이 회사에 들렀다가 야시시하게 차려입은 젊은 직원을 가리키며 "저 친구 너무 멋을 부리는데." 했더니 사장이 그 직원을 쫓아냈다는 기록이 있다. 그 후 아이아코카가 회장 자리를 넘겨 받자 전 직원의 자유 복장 시대가 열렸다고 한다. 하긴 아이아코카도 출장에서 돌아와 보니 사무실이 창고로 이전되어 있었다는.

　지금은 D램 칩의 저장 용량이 테라바이트(Tera bite) 시대다. 그전에 기가(Giga) 단위가 있었고, 처음에는 메가(Mega) 단위였다. 가까운 후배가 국내 최초로 4메가 디램을 개발하자, 그의 연구실이 가장 크고 본부와의 동선도 가까운 데다, 사택도 제공받았었다. 그 후 기가 단위의 디램 칩이 개발되면서 그의 연구실이 점차 작아지더니 나중에는 조그만 맨 끝방으로 내밀리자 사직하고 미국으로 돌아간 적이 있다. 인생무상!

첫 휴가

1년 만에 첫 휴가를 나왔을 때 두 아들을 동시에 업고 있던 사진은 여기 꼭 남기고 싶다.

사진이란 다시는 돌아갈 수 없는 시간에 대한 엄연한 증거이다. 시간이 지난날을 되돌려 주지는 못하지만, 세 부자의 모습이 담긴 사진에는 진작 나누지 못했던 은근한 이야기가 담겨 있다. 당시만 해도 젊었던(39세) 아비가 두 아들을 업고 떨어질세라 허리를 펴지 못한 채 있었더니, 형은 아빠가 힘들까 봐 긴장을 풀지 못한 모습이다. 형의 등에 업힌 막내는 마냥 신이 났다. 아빠가 자기들을 한번에 업었다는 게 즐겁기도 하고, 형이 자기를 또 업었으니 두 사람에게 동시에 업힌 셈이라 앞니 빠진 입을 활짝 벌려 웃고 있다. 사진이란 순간의 모습이 생생하게 담긴 기록이므로 세월이 흐를수록 진귀하게 된다. 사진은 그리움마저 숨길 수 없는 정직한 거울이다. 이제는 사진 속의 아빠보다 더 나이를 먹은 50대의 아들들이 팔십 중반을 넘긴 아버지를 업어드려야 할 차례다. 근래 아버지와 함께 앉아 있는 듬직한 두 아들을 보면 되돌릴 수 없는 세월을 넘나드는 느낌이 든다. 나는 그

겪어 봤어?

사진 속 세 부자의 모습 그대로를 가슴에 품은 채 즐겁게 오늘을 살고 있다.

오랜만의 휴가 준비는 아내에 대한 그리움과 향수로 시간 가는 줄 몰랐다. 선글라스도 몇 개를 샀고, 어려운 시절 결혼할 때 장만하지 못한 것들은 골고루 다 마련했다. 내가 무슨 재벌의 공자라도 된 듯 거의 한 달간 수크(시장)를 뻔질나게 들락거렸다.

■ 2년 만의 귀국

현장에서 바쁜 일들을 처리하느라 첫 휴가를 너무 늦게 다녀왔으므로 눈 깜짝 할 사이에 귀국할 날이 다가왔다. 당시에는 휴가가 일년에 한 번뿐이었다. 이국땅에서는 제아무리 잘 지낸다 하더라도 가족이 그립기 마련이다. 당시는 국제전화 한 번 하려면 몇 시간을 전화기에 붙어 앉아 채근해야 했으므로 멀리 떨어져 있는 가족에 대한 그리움이 더욱 컸다. 다행히 현지에서 받는 수당이 많았기에 유럽산 물건들을 사며 아내와 아이들에게 선물할 것들을 생각하는 일이 맨날 즐거웠다. 이걸 시작으로 그 후 18년간 몇 번이나 휴가를 다녀오고, 새로이 낯선 나라의 임지에 부임하고 또 귀국했는지 헤아리기 어렵다.

감리관 부인

1977년 4월, 무하라크 아파트의 감리관 부인이 한스라는 내 막내와 동갑 또래의 아들을 데리고 영국에서 도착하였다. 시니어 감리관인 그는 6개월에 한 번씩 휴가를 가지만 돌아와서 석 달쯤 지나면 발광을 한다. 화풀이 상대는 우리 공사 현장과 내 차례가 될 수밖에 없었다. 그 때문에 우리 현장이 막대한 손해를 보았을 뿐 아니라, 나도 너무 힘이 들어 죽을 맛이었다. 아드리아와 무하라크 아파트는 건축 규모가 같았으나, 아드리아 현장이 마감 공사를 시작한 것과는 달리 무하라크 쪽은 아직도 골조 공사를 못 끝냈다.

어느덧 마나마 시내에는 건축 공사가 7개(국립은행, 무하라크, 아드리아 아파트, J장관 저택, 66KV station, 기업은행, 주택성 청사)로 늘어났다. 각 공구마다 감리관들과 주례 회의를 하는데 당연히 소장(PM)이 참석해야 되지만 그는 영어와는 담을 쌓은 분이라 내가 대신 참석한다. 프로젝트 코디네이터(Project Coordinator)라는 신종 직함이 생겨났다. 7명의 공구장 중에는 나보다 영어 대화가 월등한 친구도 있지만, 감리관들이 요구하는 의중을 파악하는 데 익숙한 나는 대답이 간결하고, 반드시 실천하는 덕분에 나를 찾는 일이 점점 많아진다. 무하라크의 감리관은 담당 공구장과 협의할 일도 유독 나만 찾는다. 그는 미친 사람 다음으로 상대하기 어려운 골치 아픈 사람이었다. 그에게 당하고 사무실로 돌아오는 길에는 속이 상해서 눈물을 흘리기도 하였다. 현장 본부에서도 논의가 심각하여 그가 휴가 복귀한 지 석 달 즈음에 그의 부인을 초청하기로 결정한 것이다.

현장에서는 나에게 아예 전담으로 말미를 주었으므로 감리관의 근무 시간 중에는 그녀를 돌보게 된다. 그의 부인이 체류하는 3주 동안 나는 그 누구에게도 다시는 할 수 없을 만큼 열과 성을 다하여 정성스럽게 모셨다.

비록 아랍 국가이지만 바레인은 외국인의 경우 호텔 내에서는 풀장에서 비키니로 남녀가 함께 수영도 가능하다. 나야말로 생각지도 못한 호화스러운 휴가를 영국 여인과 지내게 된 것이다. 풀장에서 혼자 공놀이를 하면 재미가 없으므로 나는 그녀의 아들 한스와 신나게 공놀이를 해 주었다. **한국에 남겨진 내 막내 아들을 생각하면서, 오로지 공사 현장과 국익을 위해서.**

나는 매일 아침 호텔로 찾아가서 10시경부터 그녀와 쇼핑을 즐긴다. 낮잠 시간이 끝나는 오후 3시경부터는 함께 수영을 하고, 저녁마다 고급 레스토랑을 찾았다. 그녀와 허물

없는 사이가 되자 남편에 대한 불평을 늘어놓는다. 남편의 지나치게 신경질적이며 비열한 성격이 안 맞아 내년에 귀국하면 이혼할 생각이라는 것. 성격 차이가 심해서 남편도 이혼을 각오하고는 있지만, 영국 법은 남자가 이혼을 요구하면 여자가 재혼할 때까지 생활비를 지불해야 되므로 차마 그렇게까지 가지는 않을 뿐이라고. 자신도 인정상 남편을 궁핍하게 몰아낼 마음은 없으므로 이곳에서 경제적인 여유가 생길 때까지 기다려 주는 것이라고. 남편 때문에 내가 얼마나 고전하고 있는지 상상이 가고도 남는다며 내 어깨를 토닥거려 주기도 하였다.

그녀의 체류 3주간은 우리가 서로 가까워지기에 충분한 기간이었다. 무엇보다 동양의 예의 바른 친절, 쇼핑에다 화려하고 한가한 호텔 생활이 만족스러웠을 거다. 물론 나도 한 인물 하던 시절이라 그녀에게 거부감은 없었지 싶다. 풀장에서 내게 장난치듯 매달린다든가, 헤어지면서 그녀가 나를 가볍게 안아 줄 때의 다정한 눈빛에서 그런 느낌이 들었다.

마지막 날 밤에 호텔 방에서 송별회를 했는데, 부부가 화해를 한 듯 무척이나 다정해진 느낌을 받았다. 다음 날 공항에서 나를 마지막으로 안아 주면서 귓속말로 "앞으로 잘 될 거야"라는 한마디를 남기고 그녀는 떠났다.

겪어 봤어?

이게 웬 일? 사람이 변해도 너무 변했다. 그날부터 감리관이 징그러울 정도로 상냥하게 나를 대한다. 혹시 그녀가 미스터 최에게 좀 더 인간적으로 대해 주라는 부탁이라도 한 건 아닌지? 열사의 땅, 주위의 사막 모두가 감시자로 둘러싸인 삭막한 상황에서 그나마 여인들의 도움으로 공사를 잘 마무리한 사례가 두고두고 전개된다.

기선을 제압하다

마나마 시 동쪽 외진 벌판에 66KV Station이라는 새로운 공사가 발주되었다. 사우디 해상기지 공사를 마친 공구장이 부임하였다. 그는 이미 해외 공사의 유경험자이므로 처음부터 공사 단도리(團取)하는 방식이 남달랐고 심지가 깊은 친구였다.

잡석다짐이란 건물 기초를 설치하기 전에 집터에 잡석(또는 모래)을 깔고 다져서 지반을 탄탄하게 조성하는 작업이다. 이는 표면을 잡는 게 아니고 잡석과 함께 지정을 다지는 평탄 작업이다. 어차피 그 위에 버림 콘크리트(lean concrete)를 치면서 면을 잡을 것이므로 상부 면이 좀 거칠어도 상관없다.

공사 현장은 처음 시작할 때 감리관들에게 허술하게 보이거나 약점을 잡히면 공사 기간 내내 신용을 얻지 못해서 휘둘리기 십상이다. 그래서 첫인상이 중요하다. 내가 회의 참석차 현장에 가 보니 컴팩터(compactor)로 잡석을 다지는데, 상부 면을 필요 이상으로 마치 정구장 바닥처럼 매끈하게 다지고 있었다.

이는 필경 향후 공사의 진척에 따르는 감리관의 태도를 완화시키고자 기선을 제압하려고 의도적으로 깔끔한 작업 모습을 과시하는 듯했다. 나도 한 수 배웠다. 그 후에 내가 맡는 현장은 모두 그와 같이 시행하여 감리관의 첫인상을 일신함으로써 초기에 신용을 얻곤 하였다.

　그 친구가 어떤 도움을 청하면 나는 두말없이 나서서 도와주려 했다. 엊그제도 그 친구를 만났는데 그는 내가 왜 자기에게 친밀감을 갖고 있는지 모를 거다.

정문을 헐다

바레인 시내에는 어언 현대건설이 수주한 공사가 7개나 되어 나는 공사의 총괄 코디네이터 책임을 맡는다. 그중의 하나가 국왕의 사위인 주택성 장관의 저택이다. 장관 저택은 외곽에 담장을 설치하고 대형 정문도 세운다. 정문 구조물은 두 개의 콘크리트 기둥 위에 10m×3m의 지붕 콘크리트 슬라브로 되어 있다. 소소한 부대 공사 설계는 본사에서 현장에 위임하였으므로 현장에 근무하는 직원이 구조설계를 하였다.

콘크리트가 굳은 다음 형틀을 제거하고 나서 보니 두 기둥이 비스듬하게 비틀어져 있는 게 아닌가. 실전 경험이 부족한 구조설계 담당 기사가 구조계산을 하여 나온 치수대로 곧이곧대로 기둥 단면을 30cm×20cm로 설계한 것이다. 구조 계산상으로는 맞아도 구조물 안정상의 최소 단면의 적용을 간과한 것이었다.

나는 숨은 장소에서 H형 강재와 철근을 용접하여 정문 구조물이 콘크리트 없이도 혼자 버틸 수 있는 일체식 뼈대 구조로 제작하였다. 외관을 고려하여 기둥 크기도 물론 80cm

겪어 봤어?

×30cm로 키웠다. 휴일 전날 감리관이 퇴근하자마자 대형 크레인으로 몇 토막으로 잘라 낸 정문 콘크리트를 들어내었다. 철제 구조물을 제 위치에 내려놓고 미리 짜둔 형틀을 조립한 다음에 야간에 콘크리트를 타설하여 전 작업을 끝내고 주변 마무리 청소까지 하였다.

휴일이 끝나고 출근하던 감리관이 흠칫 놀라더니 머리를 갸우뚱거리면서 사무실로 들어간다. 분명히 제거되었던 정문 구조물의 형틀이 다시 받쳐져있으니 놀랄 수밖에. 잠시 후 나는 변경된 도면을 들고 감리관을 찾아가서 자초지종을 설명하였다. 행여, 주택성 장관이 알게 될까 봐 휴일을 끼고 몰래 작업할 수밖에 없었노라고 실토하였다. 이는 상호 간의 신뢰감 없이는 어려운 일이다. 감리관에게는 평소에도 신용이 있었지만 이 일을 계기로 막역한 친구처럼 지내게 되었다.

대자연 앞에

바레인 하면 무인도가 떠오른다. 바레인의 앞바다인 페르샤만에는 테니스장만 한 무인도가 하나 있었다. 해안에서 그리 멀지는 않으나 나지막한 모래섬이었으므로 섬에서 바라보면 사방이 수평선으로 둘러쳐져 있고 야자나무가 듬성하게 자라난 낙원과 같은 곳이었다. 이슬람의 성월(聖月)인 라마단 금식 기간 중에 어느 끼 있는 현지인의 안내로 모터보트를 타고 나갔다가 섬의 존재를 알게 되었다.

일몰(日沒) 전에는 금식해야 하는 기간임에도 불구하고 엉터리 무슬림 현지인이 술과 안주를 싣고 왔으므로 아무도 없는 섬에서 실컷 마시며 놀다 왔다. 그 후부터 시내 현장 직원들은 그 무인도를 우리만의 특별 아지트로 정했다. 마침 기계설비 직원들이 에어컨의 닥트 제작용 함석과 목재를 사용하여 보트 한 대를 제작했기에 거기에 모터스크류를 설치하고 가끔 놀러 다녔다. 우리는 섬에 오르자마자 누가 먼저라고 할 것 없이 홀딱 벗고 물속으로 뛰어든다. 수영만 한 게 아니라 뭍으로 올라와서 불을 피우고 고기를 구울 때도 벗은 채였다. 인적 없는 무인도에서 주위를 둘러보면 하늘과 바다 그리고 우리뿐인 초자연이다. 태초에 하나님이 아담(Adam)을 만드시고 이브(Eve)를 빚어내기 전처럼 모두들 자연에 몸을 맡겼다. 나는 이 무인도에서 인간의 원초적이고 자연스러운 본능을 깨닫는다. 잔잔한 파도 소리 외에는 아무 소리도 들리지 않는 대자연 앞에 내던져진 인간의 적나라한 모습은 혐오스럽기는커녕 오히려 엄숙한 느낌마저 들게 되는 것이다.

바레인 초창기에는 여직원 십여 명이 함께 근무하였다. 우리 시내 현장(Downtown project) 캠프에는 주방 아줌마만 배치되었었다. 사무용 컴퓨터가 개발되지 않은 당시에는 국내외의 모든 통신을 TELEX에 의존하였으므로, 여직원들은 타자기 앞에서 무척이나 바쁘고 지루한 일상을 보냈다. 어느 날 많은 여직원이 근무하는 수리 조선소(Dry dock) 공사 현장에서 점심을 들게 되었다. 여직원들은 시내에서 떨어진 수리 조선소 현장 사무실에 갇혀 근무하므로 마나마 시내의 시장 거리나 상점들을 궁금해하면서 자주 나가 보고 싶은 바람이 있었다. 마나마 시장 얘기 중에 무인도 얘기를 꺼냈더니 여직원 모두가 소스라쳐 놀라며 환성을 지르면서 가 보고 싶다고 아우성이었다.

혈기방장한 30대 후반 나이에 그걸 보고 그냥 넘길 수는 없는 일이었다. 여직원들과 D-day를 정하고 어느 휴일 새벽에 수리 조선소 캠프를 탈출시켜서 무인도로 향했다. 대자연 속에 남겨진 우리만의 세상. 비록 수영복 차림이었지만 그녀들도 이브처럼 홀딱 벗어 버리고 싶은 충동을 느꼈으리라. 까마귀처럼 까만 차도르(온몸에 뒤집어 쓴)와 히잡(머리에 쓴)에 얼굴은 베일로 가린 아랍 여자에 비해 피부가 하얀 우리 여인들이 어쩜 그리도 어여쁘게 보였던지… 이 사건으로 인해 나는 수리 조선소 현장 소장에게 야단을 맞았고, 그 현장의 동료 직원들에게는 엄청 부러움을 사기도 했다. 그 후 바레인 노동부로부터 현지인을 5% 이상 고용하라는 방침을 시달받게 되자 여직원들은 근무 기간이 만료되는 대로 귀국하고 그 후부터는 한국 여직원의 송출이 중단되었다.

주택성 청사

주택성으로부터 청사의 건축을 턴키 베이스(Turnkey base)로 수주하였다. 이는 설계와 시공이 포함된 공사 계약 방식이다. 감리는 레바논(Lebanon)의 달 알 한다사하(Dal Al Handasaha사)로 결정되었다. DAH사는 중동의 여러 국가에 잘 알려진 설계 전문 회사였다. 당시 아랍 국가에서는 대부분의 설계를 DAH사가 독식하다시피 하고 있었다. 평소 같으면 주택성 청사의 설계는 당연히 DAH사가 맡아야 하는데, 현대건설이 턴키 베이스로 수주하자 위기의식을 느낀 듯하였다. 문제의 배경은 또 있다. 두바이(Dubai)에 DAH사가 설계한 하우징 프로젝트가 나왔을 때 모종의 딜을 요청했으나, 왕회장님은 그런 일은 딱 질색이었으므로, 만나기로 약속했다가 취소한 적이 있었다. 필경 현대건설이 괘씸죄에 걸려든 듯 DAH사의 압력이 시작된다. 제출한 설계도면이 반려되었다. 구조설계부터 트집 잡기 시작한 것이다.

주택성 청사인 장방형의 12층 건물은 철골조 본관 건물이, 양쪽에 계단실이 있는 지지구조물(Core)로 횡력을 버티게끔 설계되었다. 지적받은 내용은 양쪽 지지구조물이 본관의 철골 구조를 장축 방향으로는 버텨 주나, 전후 방향의 응력은 양쪽 지지구조물의 연결 통로인 콘크리트 슬라브의 폭이 좁아 전달력이 부족하여 수평변위(Horizontal sway)를 지지하기에는 안정성이 미흡하다는 것이었다. 본사의 구조설계 책임자가 DAH사의 구조설계 전문가와 협의하기 위해서 베이루트에 있는 DAH 본사를 두 번이나 방문했다. 우리 구조설계서를 검토한 램지 박사는 어찌해서든지 구조상의 안정성을 보완해 주려고 애를 썼다. 철골 구조물을 간단히 가세(X-bracing)로 보강하면 되겠지만, 건물 측면 기둥 사이의 가세가 창을 가리게 되므로 외관 디자인은 그대로 유지하려는데 어려움이 있었다. 게다가 이렇게까지 큰 문제를 일으키지 않아도 될 일을 회장이 억지를 쓰고 있다는 생각에 그는 불편한 기색을 감추지 못했다.

하여간, 우여곡절 끝에 설계서를 승인받아서 공사를 착공하게 된다.

사진이 안 남아서 유감스럽던 차에, 그 후에 지은 국방성 청사 사진을 보니 외관이 쌍둥이처럼 닮았다. 본관 건물과 계단실 사이에 있던 문제의 연결 통로를 없애서 지지구조물을 본관 건물과 맞붙인 듯하였다. 현대건설이 같은 도시에 쌍둥이와 같은 건물을 설계한다는 건 넌센스이지만, 그게 혹시 국왕의 통치 방침이라면 수긍이 간다.

겪어 봤어?

○ 여가(餘暇) : 첫 번째 회의에서 논의가 결렬되었으므로 일정에 여유가 생겨 우리 일행은 주변 가까운 지역을 돌아보았다.

■ DAH 건물

DAH 건물은 여의도에 서 있는 쌍둥이 건물과 비슷한데 거기 모든 엔지니어링 사무실이 있었다. 설계실은 10여 명이 설계하는 제도판, 학교와 같은 플랫홈에 테이블 마스터가 앉는 테이블, 흑판은 슬라이딩 타입으로 흑판뿐만 아니라 도면이나 사진 등을 꽂는 코르크판을 당구대 나사지 천으로 포장하였고, 프로젝션 스크린도 구비되어 있었다. 벽에는 각종 스케일의 디테일이 프린트 된 마스터 트레싱지가 주욱 걸려 있어 제도사는 우리나라처럼 개인 참고서를 지입할 필요가 없이 연필 한 개만 있으면 되었다. 게시판 양쪽 뒤에는 회의실과 욕실이 딸린 화장실에 옷을 갈아입는 개별 캐비넷도 있었다. 점심은 회사에서 샌드위치를 제공하므로 계속 근무하다 오후 3시에는 퇴근한다.

비록 40여 년 전에 본 것이지만 아직도 늦지 않으니 위와 같이 효율적인 설계실의 배치는 우리네도 반드시 배워야 될 일이다.

■ 여직원들의 근무 분위기

레바논은 여느 아랍 제국과는 전혀 다른 모습이다. 우리 일행이 DAH 회장실 건너편 회의실에 모였으므로 회장의 여비서가 음료수와 간식을 서브하였다. 이 여비서는 아랍 전통 의상과는 전혀 다른 흔히 모터바이크 선수가 입는 상·하의가 통째로 몸에 달라 붙는 검정색 인조 가죽 원피스를 입고 있었다. 배꼽까지 내려오는 앞쪽 지퍼를 반쯤 내려서 가슴이 드러나 보이는 모습이었다. 세계 어느 나라를 다녀 봐도 사무실에서 그런 옷차림은 처음 봤다.

■ 베이루트 시내

레바논은 기독교와 이슬람교가 공존하는 나라이다. 레비논의 내전도 사실상 종교 간의 갈등으로 말미암아 불거졌다고 들었다. 아이러니한 것은 내전 당시 기독교파는 소련 무기를, 이슬람교파는 미국 무기를 사용하였다는 것이다. 한때 중동의 금융시장이었던 베이루트의 내전으로 인해 바레인이 금융시장 역할을 넘겨 받게 된 것이다. 우리가 묵었던 호텔은 베이루트의 번화가 하므라 스트리트에 있었다. 그곳은 아랍이 아니고 프랑스 파리와 같은 인상을 준다. 거리를 지나는 남자들은 더운 날씨에도 흰색 정장을 하고 다니기도 하였다. 여자의 경우 나이 많은 부인들은 몰라도 젊은 여성들은 당시 유럽의 하이패션을 차려입고 나왔다. 고급 식당에 들어갔더니 영어가 아닌 불어로 인쇄된 멋진 메뉴를 내놓는다. 웨이터도 불어로 주문을 해왔다. 한동안 프랑스 사람들이 레바논 출생 아기들을 입양한다는 소문이 이해가 간다.

■ 발벡(Baalbek)

세 개의 신을 숭배하는 고대 페니키아의 도시로 헬리니즘 시대에는 헬리오 폴리스라고 불렀다. 발벡에 현존하는 건축물 특히 박카스 신전은 그리스의 파르테논 신전보다 규모가 더 크고 웅장하였다. 레바논의 국기에는 백향목이 그려져 있다. 발벡지역 산지에는 백향 나무가 문자 그대로 울창했다. 레바논 시다라고 불리는 소나무과 개잎갈나무속 상록침엽수로 중동 문화권에서 종교적 역사적 중요성이 크다. 솔로몬이 왕궁을 지을 때 레바논에서 백향목을 보내 줬다는 기록이 성경에 있다.

■ 시돈

아랍어로 수산업이란 명칭을 가진 항구로 베이루트 남쪽 45km에 있는 레바논의 3대 해안 도시 중의 하나다. BC 2~3천 년경에 지중해를 휩쓸던 페니키아인들이 가나안 해변에 설립했던 도시로 그동안 해안의 침하로 이집트의 알렉산드리아처럼 화려했던 석조 궁전들이 반쯤 수중에 잠겨 있는 정경을 보고 세월의 무상한 변천을 느꼈다.

■ 가나의 혼인 잔칫집

베이루트 근교에 있는 '가나의 혼인 잔칫집'도 가봤는데 순례객으로 북적거렸다. 훗날 이스라엘을 관광할 때 그곳에서도 가나의 혼인 잔칫집(요한복음 2:7,8)'이 있었다. 그 진위를 나는 알 수 없다.

■ 여객기 좌석권

바레인에서 출국할 때 베이루트에서 탑승할 왕복 티켓을 구입했으나 돌아오는 일시를 정할 수 없어서 좌석 예약은 안 했다. 출국 전날 관리부장이 공항을 다녀오더니 떠날 비행기 좌석권을 못 구했다고 내일 다시 오라고 했으니 한 번 더 가 봐야겠다고 말하는 것이다. 호텔 로비에 앉아 걱정하는 중에 카운터에 있던 매니저가 다가오더니 무슨 도울 일이라도 있느냐고 하기에 사정을 얘기했다.

그는 혹시 호텔 숙박객 중에 출국을 연기할 손님이 있는지 알아 볼 테니 잠시 기다려 보라고 하였다. 커피도 다 마시기 전에 매니저가 돌아와서 마침 세 사람이 출국을 연기할 생각이 있으니 그걸 사라고 한다. 레바논은 항공권을 호텔 카운터에서 취급한다는 걸 처음 알았다. 뻔히 보이는 수작이지만 우리 일행은 웃돈을 얹어 주고 좌석권을 받았다.

25년간이나

한 번은 꼭 털어놓고 싶은 얘기다.

17층의 바레인 은행 건물이 철골 구조였으므로 매층을 빨리 세워 조립하는 작업은 그리 어렵지 않았다. 그러나 문제가 도사리고 있었다. 콘크리트 타설 후 양생하는 기간, 직상층의 철골보(beam, girder)에 형틀을 걸쳐서 조립하고 콘크리트를 타설하는 시일과 펌프카의 진동이라는 복합적인 문제가 있었다. 콘크리트는 타설하고 나서 4주간의 양생기간을 거쳐야 완전히 경화되어 정상적인 설계강도를 발휘한다. 양생기간이 일주일이면 대략 70%의 강도를 나타내므로 통상적으로는 그 위에서 작업이 가능하다고 본다. 그러나 최소 일주일의 양생기간 동안에는 구조물에 충격이나 진동을 주어서는 안된다, 구조물의 진동이 심하면 직전에 타설한 바닥 콘크리트의 양생과 경화 작용에 영향을 줄 수밖에 없다. 오늘날의 펌프카는 스크류(Screw)로 콘크리트를 밀어내므로 진동이 거의 없으나 당시의 피스톤 타입의 펌프는 콘크리트 배송관에 상당한 진동을 발생시켰다. 배송관의 진동 충격이 바로 구조물에 전달되므로 타설한 콘크리트 바닥의 양생기간 동안 안정이 안 된다. 나는 공정상의 여유가 충분하였으므로 매층마다 최소 10일 간격을 두자고 건의하였다.

"무슨 소리야? 1주일마다 한 층씩 올려서 본사에 사진 찍어 보내라고!" 소장의 고집은 단호하였다. 시멘트 블록을 쌓으려고 수평실을 띄웠더니 바닥의 처짐(Deflection)이 완연했다. 진동에 의한 변형이 생기고 만 것이다. 할 수 없이 바닥에 추가로 미장을 하여 감리관을 눈속임하였다. 감리관이 나를 믿고 자세히 보지 않은 게 천만다행이다. 블록벽을 쌓을 때는 천장 슬라브와 맞닿는 틈새를 몰탈로 채워 넣었다.

중동지역은 열대기후의 특수성 때문에 구조물의 하자 보증 기간이 25년이었다. 만약에라도 바닥에 균열이 발생하거나 눈에 띄게 처지지 않기를 바라면서 오랜 세월을 전전긍긍하였다. 밀레니엄(2,000년)을 맞이하고 나서야 나는 발을 뻗고 편히 잘 수 있었다.

중동의 신비

■ 중동의 신비

　중동 국가에는 수크(Souk, 시장)란 곳이 있다. 옛날에는 야외 시장이었으나 지금은 상점이 있는 번화가를 말한다. 외국에는 어디든지 모스크(Mosque, 이슬람사원)나 성당을 중심으로 시장이 들어선다. 기원은 각국에서 성지를 찾아온 순례자가 모스크 근처에 머물면서 금(金)을 내고, 비둘기, 양(羊), 카펫이나 일용품 등을 구입하면서 자생적으로 발전하게 되었다. 유럽에서도 바자(Bazaar)라는 아랍어 명칭을 쓰는데 이는 오래된 성당 주위에서도 발전하였고 순례의 목적만 다를 뿐이다. 외국에서 관광할 때는 멀리 솟아 있는 모스크나 성당의 첨탑만 향해 가면 시장을 찾을 수 있다.

　해외 현장이라 제법 많은 현지 수당을 받게 되자, 나도 다른 동료들과 마찬가지로 롤렉스 시계를 덜컥 샀다. 방수가 완벽하다지만 고급 시계였으므로 세수할 때는 시계를 풀어 놓고 하곤 하였다. 어느 날 화장실을 다녀온 지 한 시간 남짓 지났을 무렵 손목이 허전했다. 손목을 보니 아니나 다를까, 롤렉스 시계가 없어졌다. 부리나케 화장실로 달려갔더니 내 시계가 세면대 선반에 놓인 그대로 나를 보며 미소 짓고 있었다. 이때 무슬림들이 율법을 얼마나 철저히 지키는지 처음 알게 되었다. 이슬람을 믿는 그들은 그들의 경전 코란에 "남의 물건을 훔치면 손목이 잘린다."는 계명이 있으므로 내 시계에 손도 대지 않은 것이다. 분명 내가 나온 후로 몇 사람은 더 화장실에 드나들었을 텐데도 아무도 임자 없는 시계를 집어 가지 않았다. 나는 새삼 그들의 특심스러운 신앙심에 감동했다. 이런 일 외에도 그들의 국민성이 종종 두드러지곤 한다.

그들은 신앙의 5대 의무의 하나로 하루 다섯 차례의 기도(살라트) 시간을 지키고 있었다. 모스크마다 외곽 모퉁이에 높이 세워진 미나렛(Minaret, 첨탑)의 발코니에 사제가 나와서 확성기로 전 시가지가 울리도록 신앙고백을 하는 것이다. 기도 시간에는 모든 무슬림들이 오로지 기도만 한다. 길거리나 상점에서 엎드릴 만한 크기의 카펫 위에 꿇어 엎드려 메카를 향해 기도하며, 운전 중인 무슬림은 차를 세우고 길가에 내려서 기도한다. 기도 소리는 아랍풍 음조로 우리 남정네의 창(唱)과는 다르나 비슷한 느낌을 주며 음률이 길다. 지금은 사제 대신 기도시보계(祈禱時報械)를 시용하여 신앙고백을 한다고 한다. 옥외 거리에서의 기도 시간에는 우리가 흔히 성당 안에서 느끼는 엄숙함과는 또 다른 분위기에 휩싸인다. 햇볕이 따갑게 내리쬐는 구름 한 점 없는 무한 시공의 창공 아래서 사막에 울려 퍼지는 기도 소리는 엄숙하다기보다 장엄함을 능가하는 절대적인 무엇이 있었다. 이것이 이른바 '중동의 신비'일 것이다.

■ 인샬라, Insh'allah - 신의 뜻대로

무더위에 도로에서 차량 접촉 사고가 났다. 아스팔트 도로가 한껏 달궈져서 프라이팬만큼이나 뜨거운데도 아무도 불평하는 이가 없다. 여러 대의 차량들이 다 멈춰 선 상태로 교통경찰이 와서 해결하기를 기다리는 것이다. "인샬라!" 그것이 그 나라 사람들의 성품이자 신앙심이었다. 그들이 가장 많이 사용하는 말은 '인샬라'이다. 상품을 주문하고 언제쯤 되겠느냐고 물으면 신용은 지키면서도 '인샬라'가 그들의 대답이었다. 모든 것이 '신의 뜻대로'인 것이다. 사막에서 그들이 생존할 수 있었던 것은 오로지 '인샬라' 신앙의 힘일 것이다.

그들은 무신론자는 짐승으로 여긴다. 기독교인은 친구라 부르고, 이슬람을 믿는 사람은 형제라고 한다. 그러나 이슬람이 아닌 신앙인 집회는 어떤 형태로든지 허용되지 않았다. 공항에서 귀국하는 근로자들을 위해 기도하던 목사가 구금될 뻔한 적도 있었다. 이념이나 이해관계로 인한 전쟁은 끝이 있을 수 있겠으나, 독선적이고 본능적인 신앙은 무신론보다 더 무서운 결과를 초래할 수 있다. 따라서 종교적인 갈등으로 인한 전쟁은 끝없이 반복될지도 모른다. 그러나 신은 모든 종교와 시대가 주장하는 어떤 것도 초월하여 변함없이 똑같은 신으로 존재한다. 척박한 환경에서도 위트와 유머가 넘치던 무던한 아랍인, 상인들의 독특한 상술, 특심한 신앙의 모습으로 살아가는 그들이 그립다.

내가 본 바레인

바레인은 고대 딜문(Dilmun) 문명의 발상지로서 바레인 섬을 중심으로 50개의 자연섬과 33개의 인공섬으로 이루어진 싱가포르보다 약간 작은 인구 130만 명의 섬나라이다. 정식 명칭은 바레인 왕국(Kingdom of Bahrain)이다. 중립국이며 금융시장 역할을 하고 있으므로 중동의 싱가포르로 보면 된다. 아랍 제국 중에는 가장 서구화되어 있는 나라다. 석유 산업이 발달하기 전까지는 진주산업의 중심지로 기능하였다. 이슬람교를 국교로 채택하고 있으나 주변 국가에 비해 자유로운 분위기를 견지하고 있으므로 기독교와 유대교인도 있다. 수도 마나마를 중심으로 발전했으며 이사 타운(Isa Town)은 왕궁을 관리하는 집안들로 발전하여 지금은 저층의 주거 및 휴양지로 자리 잡아 가고 있다. 세계에서 가장 오래되었다는 사막 골프장도 이곳에 있다. 술을 파는 이슬람 국가이므로 집안에서는 얼마든지 술을 마셔도 된다. 호텔 등의 고급 식당에서는 댄스도 허용된다. 사우디와 다리로 연결되어 있어 많은 사우디 사람들이 왕래하며 술을 마시고 간다.

■ 무슬림에 대하여

중동지역은 대부분이 이슬람(回敎) 국가이다. 이슬람은 알라(Allah, 하나님)를 유일신으로 믿고 무하마드를 신의 사도로 여기는 이스마엘계의 종교이다. 이스마엘은 아브라함의 본처 사래가 아닌 이집트 여자 하갈이 낳은 서자로 이삭의 이복형이다. 세계 종교(기독교, 불교, 힌두교, 이슬람교) 중에서 가장 늦게 등장했지만, 신자 수는 기독교 다음으로 약 15억 명이나 되어 추월론이 나올 정도로 증가 추세를 보이고 있다.

"내가 그로 한 민족을 이루게 하리라"(창세기 21:13). "그가 큰 민족을 이루게 하리라"(창세기 21:18). 하나님께서는 사래에게 위세를 떨다 쫓겨난 하갈에게 하신 말씀을 잊지 않으셨나 보다. 놀라운 것은 종이에 아랍어로 '알라'라고 쓰고 뒤집어 보면 그게 히브리어로 '여호와'로 읽을 수 있다는 것이다.

이슬람과 무슬림 둘 다 이슬람을 신봉하는 사람들을 가리키지만 그 의미와 사용 방법에 약간의 차이가 있다. 신자들은 알라에게 복종하며, 성경은 모세오경이 기본이고 코란을 기반으로 한다. 한편 유대교와는 달리 예수 그리스도를 긍정적으로 보며 중요한 예언자 3명 중 1명으로 인식한다. 이를 통해 서로 다른 종교와 문화를 존중하고 인류의 공동체로서 함께 발전해 나갈 수 있다고 믿고 있다. 기독교는 일요일이 주일, 유대교는 토요일이 안식일, 이슬람에서는 금요일을 예배일(주무아)로 지킨다.

이슬람(Islam)은 아랍어로 '복종한다'는 뜻을 가지며 종교적인 신앙과 예배 기도 자선 등 다양한 측면을 포함하고 있다. 반면에 무슬림(Muslim)은 아랍어로 '복종하는 사람'이라는 뜻을 갖고 이슬람교를 신봉하는 사람들을 가리키며 신앙의 규범과 실천 사회적인 가치와 윤리를 따르는 것을 중요시한다. 그들의 인사말 "앗살람알라이쿰(평화가 당신과 함께 하기를)" 그리고 유대인의 인사말 "살롬"이 여기서 유래한다. 우리가 아침에 만나면 "잘 잤니"나 "밥 먹었니" 하는 인사가 참 무색할 지경이다. 일반 무슬림들도 여느 종교인처럼 철저한 '신앙생활'은 아니더라도 그네들의 '생활신앙'은 특심스럽다.

2부

사우디아라비아에 가다

알코바 공공주택 신축 공사

4년 (1978~1982)

나 아니면 누가 하랴

1978년 8월, 바레인에서 귀국한 지 4개월 만에 나는 사우디아라비아의 알코바 공공주택(Publc Housing of Al-khobar) 건설 현장에 부임한다. 나는 입사할 때부터 목표가 해외 근무였다.

해외에 처음 부임한 직원들은 영어뿐만 아니라, 공사 계약 조건과 공사 시방의 차이 내지 무지 때문에 한동안 고전을 면치 못하는 게 사실이다.

유럽 국가들은 이미 1913년에 FIDIC(Fédération Des ingénieur Conseils)이라는 국제 건설 계약에 적용될 수 있는 표준 계약 조건을 발표하여 세계 건설 시장으로부터 인정받고 있었다. 한편 중동의 여러 나라에서는 공사 시방에 주로 영국의 산업 기준인 B.S.(British Standard)를 적용하므로 이를 숙지해야 됨에도 불구하고, 국내 공사만 하던 기술자들은 이런 기준에 대한 개념이 부족하였다.

그들은 어느 기간만큼 자리가 잡힐 때까지는 죽을 쑤기 마련이다. 그러므로 신규 공사에는 최소한 해외 유경험자가 10%라도 있어야 감당할 수 있다. 게다가 마이카 시대 이전인 당시에는 자동차 운전면허를 취득한 직원조차 드물었다.

해외 공사의 수주 규모가 급격히 늘어날수록 신참이 나가는 악순환이 되풀이되는 것이다. 우리나라가 워낙 많은 공사를 수주한 탓에 무리가 발생한다. 따라서 본사에서는 해외 유경험자를 선호하였고 나 같은 경우 "나 아니면 누가 하랴?" 하는 생각이 들기도 한다.

또다시 해외에 나가서 회사와 나라를 위해 일을 한다는 것은 내 가슴을 뛰게 만들기에 충분했다. 애사심과 애국심은 해외에 나가면 저절로 생긴다. 이렇게 해서 해외공사 전문가의 길로 발돋움 했는데, 그게 18년이나 될 줄은 나 자신도 몰랐다.

횃불을 켜고

1970년대 초반, 한국 건설업체가 사우디아라비아의 수도 리야드 시가지에 도로를 건설할 때 야간에 횃불을 밝히고 야간 작업을 수행하여 유명해졌다. 사우디 왕실과 국민들이 감동하여 한국계 건설기업들의 근면성을 인정하게 되어 그 후 사우디 공사를 한국계 건설기업들이 거의 싹쓸이하는 계기가 된 것도 사실이다. 당시에는 각종 건설 공사에 한국 근로자들이 직접 투입되어 우수한 품질과 놀라운 작업 능률을 발휘하자 사우디 사람들이 탄복하였다. 이런 감동적인 기사는 국내 미디어에도 올랐고 "더 잘 살아 보세"라는 슬로건과 함께 너도나도 해외에 진출하는 중동 붐을 일으키기도 하였다.

불행히도 국내 건설기업들 간에 입찰가격을 낮추는 과당경쟁으로 인해 몇몇 유수한 기업들이 파산하는 부작용을 낳은 일은 유감스럽다. 이는 해외 건설 기록사에도 사료로 남아 있다.

1978년 8월, 한창 더울 때 우리 팀이 사우디 현장에 도착했다. 직원이 현지에 도착하면 할 일이 많다. 무엇보다 근로

겪어 봤어?

자를 수용할 캠프 시설부터 마련해야 근로자의 송출을 받을 수 있다. 마침 우리 현장에서 1.5km 남짓 떨어진 곳에 전에 석산(石山)을 개발하다 중단된 캠프가 있어 이를 서둘러 수리하여 임시 숙소로 사용할 수 있어 그나마 다행이었다. 일단 여기 근거지를 만들자 본공사 현장에 가설 숙소를 짓기 시작한다. 대낮은 너무 더우므로 주로 오전 작업을 하고 낮에는 쉬었다가 오후 늦게 또는 일몰 후 야간작업을 해야 능률이 난다. 따라서 투광기는 필수였다.

현장소장에게 투광기를 사자고 했더니 대답이,

"그거 공사 예산에 있어요?"

중동 실정을 자세히 모르는 견적 담당이 본공사 내역이라면 몰라도 가설 공사용 투광기까지 입찰에 반영했을 리가 없다. 내가 머쓱해졌더니 미안한지.

"타 현장에 가서 사용 완료된 거 이체 받아 보세요."

나는 30여 km나 달려서 주베일에 있는 해군기지 신축 공사장을 찾아갔다. 그쪽 소장은 나와 절친 동창이었다.

"글쎄, 나는 주고 싶지만 공구장에게 가서 물어 봐." 공구장을 만났다.

"최형, 6억 불짜리 공사하러 나와서 처음부터 왜 그래요? 그냥 사세요." 담당 공구장의 대답이다. 결국 우리 가설 캠프 공사도 야간에 횃불을 켜고 가설 숙소 공사 작업을 하였다.

당시 나도 시장조사 할 겨를이 없어 현지 시장에 중고 투광기가 있을 줄은 전혀 몰랐다. 해외 공사 팀이 처음으로 타국 불모지에 부임하면 이러저러한 시행착오를 겪을 수밖에 없으니 안타까운 일이다. 한국계 건설업체가 사우디에 진출하기 전까지는 독일, 영국 등의 유럽계 건설업체가 사우디 건설시장을 장악하고 있었다. 1978년께는 그들이 한국 건설기업의 저가공세에 밀려나기 시작한 즈음이다. 공사를 완료한 건설기업들이 철수하면서 고물 투광기를 본국까지 끌고 가 봤자 별 쓸모가 없으므로 현지 매각 내지 폐기하는 정도였다. 실제로 시중의 공구 기계류 상에 가면 근처 사막에 방치되어 있는 투광기를 저렴한 가격에 구할 수 있었다.

투광기(Flood light)란 흔히 야구장, 축구장이나 공항에서 볼 수 있다. 현지 시장에는 견인식 트레일러형의 투광기가 있었는데, 이즈음 이삿짐 트럭처럼 네 발을 확장해서 지면에 안착시키고 마스트를 뽑아 올리면 된다. 겸해서 발전장치도 있으므로 전원이 없는 사막 벌판에서도 사용할 수 있다.

사우디에는 한국 건설업체들의 횃불 신화가 더러 있다. 듣기에는 근사하지만 따지고 보면 현지의 감을 못 잡아서 그랬던 거다. 어처구니없는 일이었다.

가설 공사의 규모

■ **본공사 개요**

이 공사는 사우디 주택성에서 한 패키지로 알코바와 젯다에 발주한 공공주택 신축 공사이다. 이는 서울 여의도의 아파트 단지보다 더 큰 규모의 아파트 타운 및 부대 시설을 일괄적으로 건설하는 것으로 당시 주택 공사로는 단연 세계 최대 규모였다. 더구나 국내에서도 거의 시도해 본 적이 없는 대형 P/C 패널에 의한 조립식 공법으로 현대건설이 턴키 베이스로 수주하여 설계에서 시공, 하자보수에 이르기까지 일체를 도맡았다는 점에서 특기할 만하다. 전체가 74평 규모로 스카이 라인(Skyline)을 고려해서 4층, 6층 및 8층으로 설계되었다.

총공사비는 12억 불에 알코바가 6억8천백83만천 불이고, 젯다가 5억천8백16만9천 불이다.

나는 알코바 공사 현장에 근무하였으므로 이에 관해서만 개략 설명하고자 한다. 공사 규모와 동원된 근로자 수에 차이가 있어 필자도 당혹스럽다.

해외 건설사(한양대학 CMCIC 연구실)에는 알코바가 아파트 219개 동에 5,116세대로 기록되었고, 알코바 현장에 동원된 근로자 수는 한국인 4,400명, 인도인 2,200명(총 6,600명).

현대 건설 50년사에는 알코바가 아파트 219동에 5,116세대로 기록되었고, 알코바 현장에 동원된 근로자 수가 5,600명, 인도인 2,200명(총 7,800명).

실제로 알코바 현장에 근무했던 필자의 기억으로는 알코바가 아파트 216동에 4,106세대였는데 이게 맞는다. 근로자는 한국인 6,000명, 인도인 2,500명(총 8,500명)이 있었다.

아파트 신축 공사 현장은 페르시아 만(Persian gulf)을 끼고 있는 해안 도로변에 위치하였다. 아파트는 35만 장에 달하는 프리캐스트 콘크리트 패널(Precast concrete panel)을 현지에서 제작하여 짓는 조립식 구조이다. 엘리베이터만 해도 216대가 소요되었다. 이는 연건평으로 보면 34만 2천 평에 이른다 아파트 동수(棟數)가 많다 보니 소도로로 구획된 블록마다 46개소의 지하 주차장이 있고, 그 위에는 어린이 놀이터가 있다. 변압기 장치가 120개소나 있었다, 사막의 상징인 버섯 모양의 초대형 고가수조가 1개소 있었는데 아름답지만 난공사 중의 하나였다. 또 엄청난 규모의 배수

펌프장이 있는 것도 빼놓을 수 없다. 5만3천 평에 달하는 조경도 실시하였다. 공사가 시작되면 묘목장(Nursery)을 만들어서 일찌감치 잔디와 관목을 길러야 한다. 관개시설을 완비하여 나중에 도로변과 아파트 주위에 잔디와 나무를 심는다. 위의 모든 건축물들을 헤아리면 소도시를 방불케 한다.

■ 가설 공사

사료(史料)도 아닌 일개 산문집에서 필자가 특정 공사의 개요를 장광스럽게 설명하는 이유는, 현대건설이 중동 건설 역사상 초대규모로 우리 근로자를 해외에 동원하여 직접 공사를 수행하였다는 기록을 남기기 위해서이다. 이는 해외 공사와 관련된 현업에 종사하고 있거나 장차 해외 현장에 나갈 분들을 위해, 특히 거창한 가설 공사의 규모에 대해서는 꼭 설명하고 싶어서이다.

특히 언젠가는 대두될 해외의 대규모 스마트 시티나, 우크라이나 전후 복구 사업에 아래에 설명한 '캠프 유닛' 플랜을 참작하기를 권한다. 앞으로는 컨테이너 2층 타입으로 국내에서 제작 완성하여 선편으로 수송하면 될 듯하다.

참고로, 88올림픽을 전후해서 우리나라는 근로자를 직접 투입하는 대신 현지 협력 회사에 공종별로 분할 하도급을 주고 원청사인 한국 건설회사는 공사관리(Construction Management) 업무만 하게 된다.

공사 현장에 이어진 북쪽 넓은 사막에 본 공사에 동원되는 한국 근로자 전용 캠프를 짓기로 했다. 피크 때는 근로자가 한국인 6,000명에 인디안이 2,500명에 달했다. 마지막 핸드오버 작업 시에는 단기간이지만 거의 만 명 가까이 되었던 걸로 기억된다. 주방 요원만 해도 한국인만 240명이나 되고, 직원이 300여 명이나 되었으니, 우리나라 육군 1개 사단 병력에 달하는 대량 인원을 수용할 캠프가 필요했다. 이는 논산 육군 훈련소와 엇비슷한 규모로 보면 된다.

■ 캠프 유닛

근로자 캠프의 유닛은 80인을 기준 삼았다.

근로자 숙소 4개 동(240명 수용)을 H형으로 배치하고, 세면 위생시설 1개 동, 식당 120명(2교대) 1개소, 새마을회관과 걸을 때 모래가 묻지 않도록 보도를 깐 연결 캐노피 1식이 1 캠프 유닛이다. 이런 유닛 캠프를 본공사 현장만 해도 한국 근로자 6,000명을 수용하기 위해 25개소나 지었다, 이는 석산 및 콘크리트 패널 생산 공장 지역에 있는 300여 명의 한국인 근로자와 인도인 근로자 2,500명의 수용시설은 제외한 규모이다. 에어컨이 몇 대였는지는 상상에 맡긴다.

그 외에 공사용 대형 자재 창고 4개 동, 식자재용 창고 2개 동과, 냉동 창고 2개 동 외에 간이 입원실을 갖춘 의무실이 있었다. 별도로 우리 직원 300명의 사무실과 감독관 사무실이 있다. 240명이 동시에 식사할 수 있는 직원 식당과 간부 식당이 구분되어 있었고, 독일과 영국계 공사 감독만 해도 150명이 넘어 이들을 위한 대형 양식당이 따로 있었다(감리관들은 인근 연립 주택 단지에 기거). 또한 회장님이나 VIP 방문에 대비한 영빈관도 있었다.

예를 들면, 근로자들에게 닭곰탕 한 끼를 배식하려면 한 마리를 4인분으로 쳐서 2천 마리가 필요하였다. 이는 냉동 컨테이너 한 대분이다. 오후 간식으로 빵 한 개와 주스 한 통을 내주려면 카고 트럭 한 대가 들어와야 되었다. 재미있는 것은 부식도 엄청나게 소모되기에, 어깨높이만 한 김칫 독을 200개나 땅에 묻고 그 위에 그늘막을 쳤다. 이는 중동 건설 역사상 가장 큰 규모였다.

공사 지원의 규모

알코바 현장의 규모가 실제로 얼마나 컸는지는 아래를 읽어 보면 안다. 현장에 동원된 타워크레인(Tower crane)이 100대, 100톤급 이상의 대형 크레인이 50대, 그 외에 각종 중소 장비까지 합치면 거의 700여 대에 달하였다.

■ 석산(石山) 개발

콘크리트를 혼합하는 주요 골재는 자갈이다. 국내에서 석산 개발 장비를 들여와서 암반을 채석하고, 크라셔(Crusher, 쇄석기)로 분쇄한 다음 각종 규격의 채로 걸러 골재를 쇄석으로 만든다. 크고 작은 쇄석을 일정한 비율로 혼합하면 콘크리트용 자갈이 되는 것이다. 이를 그늘막으로 가리고 상시 냉수를 살포하여 골재의 온도를 유지시킨다. 앞서 말한 임시숙소 지역에 있던 석산을 우리 현장에서 재개발하게 되었다.

먼저 각종 실험을 거쳐 암석의 경도와 화학적인 분석을 거쳐 골재로 사용 가능성 여부를 확인한다. 다행히 국내 암

반보다 품질이 우수하였다.

■ 모래 채취

사막에 있는 모래의 입도와 성분을 검토하여 마땅한 장소의 모래를 선정한다. 이걸 그냥 쓰는 게 아니다. 너무 고운 모래는 망사로 걸러 내고 적당한 규격의 모래만 남긴다. 다음에는 세척 장치(Washing plant)로 유황 성분이나 염분을 씻어 낸 다음 현장에 반입하여 그늘막에 쌓아 두고 냉수를 살포하여 모래 온도를 유지시킨다. 때로는 얼음물을 뿌리기도 한다.

■ 용수(用水)와 배수

다행히 현장 근처의 와디(메마른 강)의 150m 깊이에서 심정(深井)을 찾아냈다. 담수를 끌어 올려 침전시켜서 대형 저장 탱크에 올린다. 다음에 대형 정수 공장(Revers Osmosis System × 2기)을 가동하여 식수를 만드는 동시에, 일부는 심정수와 혼합하여 콘크리트 배합에 적합한 물로 섞는다. 그뿐 아니라 제빙 공장과 냉수 공장을 가동하여 공사 용수는 상시 섭씨 18도 이하로 유지해야 된다.

한편 페르샤만과 우리 현장을 가로지르는 Sunset Beach Road가 서울 일산 간 자유로처럼 높기 때문에 도로의 하부를 압력 잭(Power Jack)으로 뚫어서 현장에서 내보내는 배수관로를 마련해야 되었다.

■ 시멘트

시멘트는 포 단위로 사용하지 않았다. 국내에서 1톤들이 대형 백에 벌크(Bulk)로 선적시킨다. 알코바에 도착하여 하역된 시멘트는 냉동 배관이 설치된 사일로(Silo)에 저장한다.

■ 스티로폼 압출 공장

벽체 패널은 가운데에 7cm 두께의 스티로폼 판재를 넣어 샌드위치 패널로 제작해야 된다. 선적하기에는 너무 부피가 크므로 스티로폼 공장을 세워서 덩어리로 압출하여 열선으로 잘라서 썼다.

■ 콘크리트 배합 공장(Batching plant)

본 공사장과 P/C 공장에 각각 배칭 플란트를 설치하고 배

겪어 봤어?

합된 콘크리트는 타설 장소까지 보온 믹서 트럭으로 운반한다. 중동 지역에서는 콘크리트의 온도가 30도를 넘으면 사용하지 못한다. 참고로 사막의 기온은 한낮에 직사광선 아래에서는 80도가 넘었고, 그늘에서도 40도를 웃돌았다.

■ P/C(Precast concrete) 패널 제작 공장

아파트 골조를 형성하는 구체(벽판, 바닥판, 발코니)가 되는 콘크리트 패널 생산 공장의 크기는 축구장만 하다. 콘크리트 바닥 위에 정밀하게 설계 및 제작된 철제 형틀(Mold)을 설치하고, 자동 진동기도 부착한다. 콘크리트가 굳은 다음 탈형도 유압식 잭(Jack)으로 한다. 너무 오래전 일이라 기억이 흐릿하지만 총생산된 콘크리트 패널은 평균 3m×5m 크기로 35만 장이 넘었다. 전에 P/C 공장에서 공무를 봤던 동료에게 알아봤더니 당시 콘크리트 패널 생산에 투입된 재료는 콘크리트가 45만 ㎥, 철근이 2만6천 톤, 그리고 와이어 매시(Wire mesh)가 70만 ㎡이나 되었다고 한다.

레일 이동식 타워 크레인만도 20대를 설치하였다. 시내에서 대형 유리를 운반할 때 쓰이는 선반 걸이(Rack) 수백 세트를 제작하여 야적장과 수십 대의 트레일러에 설치한다. 패널 운반만 담당하는 직원도 4명이나 있어야 되었다.

여기 웃지 못할 얘기도 들렸다. 한 신입사원이 패널 운반 검수만 2년을 근무하다가 대리로 승진하고 귀국하여 국내 현장에 배치되었는데, 아무 일도 할 줄 모르더라는 것이다.

■ 타워 크레인

이즈음 아파트 건설 현장을 바라보면 우후죽순처럼 우뚝 선 타워 크레인이 잠자리처럼 돌아가는 모습이 자주 눈에 띈다. 일반인들도 타워 크레인쯤은 모르는 사람이 없다. 타워 크레인의 조작은 힘을 쓰는 일이 아니므로 요즘에는 여기사도 있다.

주택 건설 현장에 소요되는 타워 크레인은 알코바 현장에 100대, 제다현장에 85대로 합해서 185대였다. 왕회장님의 지시에 따라 타워 크레인을 현대중공업에 발주하였다. 현대중공업에서는 프랑스의 포테인(Potain)사와 기술제휴를 한다. 먼저 조건부로 완성품 10대의 구입을 계약하고, 나머지 175대는 기계와 전장품만 구입하고 타워, 붐과 차대 등의 철구조물은 현대중공업에서 모두 제작하기로 된 것이다. 사실상 이게 우리나라에서 사용되는 타워크레인의 시발점이다.

오늘날 국내에 타워 크레인이 흔한 걸로 미루어 보면 지금쯤은 기계류와 전장품도 모두 국내에서 생산하리라 믿는다. 이것도 오일달러로 기술 이전을 받아 산업 발전에 일조한 사례 중의 하나이다.

■ K-Line

당시 현대건설은 해외공사에 K-Line이라는 자체 선편을 이용하였다. 중동에 투입되는 모든 공사용 자재를 현대건설 전용선으로 운반한 것이다. 중동 건설 붐 때문에 사우디의 어느 항구든 몹시 혼잡(Congestion)하여, 선박이 항구에 도착해도 부두까지 예인되려면 한 달은 기다려야 했다.

현대 측에서는 가까운 거리에 K-Line 전용 간이부두(Jetty)를 만들고 항만청과 협의하여, 세관원이 특별 파견되어 세관 검사를 하고 하역시켰다. 울산을 떠난 배가 15일이면 사우디에 도착하였으니 현대만 가능하지 않았나 싶다.

이것이 현대건설의 저력이다.

공사 안전과 후생 복지

앞서 알코바 현장의 공사 지원에 대해서 설명하였으니, 이번에는 공사 안전과 후생 복지에 대해 설명코자 한다.

■ 안전관리

근로자가 만여 명이나 되는 본공사 현장에서는 매일 아침 7시면 공구별로 조회와 체조를 하고 나서 작업을 시작한다. 조회 때마다 "우리가 돈 벌러 왔지 다치자고 온 게 아니다. 안전 수칙을 잘 지켜서 절대로 다치지 말고 건강한 몸으로 돌아가자."는 말이 빠지지 않았다. 대부분의 작업들은 능률제로 추가 임금을 지급하였으므로 근로자들은 기상 조건이 나빠도 무리하게 작업을 강행하려는 경향이 있었다. 그러나 타워 크레인을 가동하는 작업은 강풍 속에서는 위험하므로, 풍속 30km/hr, 즉 초속 8m 이상이 되면 사이렌을 울려서 작업을 쉬게 하였다.

콘크리트 패널을 적재한 트레일러 수십 대가 공장과 공사 현장 구간을 쉴 새 없이 왕복해야 하므로 흙먼지가 일어나서 전방이 잘 보이지 않아 매우 위험하였다. 살수차로 계속해서 물을 뿌려 주지만 그때뿐이다. 따라서 황사가 짙어서 40m의 전방이 보이지 않을 경우 아예 양쪽 경비실에서 출입을 통제하였다. 그뿐만 아니라 근로자들도 작업을 중단하고 숙소에서 쉬도록 들여 보냈다. 그런 날에는 안전교육이 제격이었다. 식당에도 TV를 설치하여 수시로 안전교육을 실시하고 안전 관련 비디오를 상영하였다. 안전교육 시간에는 그 유명한 중동 수박을 제공하였다. 중동 수박은 당도도 높지만 한 개의 크기가 우리나라 수박 3개와 맞먹는다. 현장에서 이루어지는 작업도 기온이 섭씨 33도를 넘으면 옥외 작업은 피하고 건물 내에서만 작업하도록 하였다.

죄송스럽지만 우리 현장에서도 부상자가 100명쯤 발생했고 사망자도 다섯 분이 계셨다. 뒤늦게나마 고인의 명복을 빈다.

■ 후생 복지

젊디젊은 나이에 가족을 고향에 두고 혈혈단신으로 열사의 땅에 나와 꼬박 1년을 독신으로 견뎌 내는 게 그리 쉬운 일은 아니다. 따라서 해외 현장에서는 후생 복지에 최선을 다해야 한다. 삼성이나 LG 에어컨이 없던 시절 모든 숙소와 식당에는 사과 궤짝 2개보다 덩치가 큰 미제 캐리어 (Career) 모델 냉난방 겸용 에어컨을 설치하였다.

온대 지역에서 살던 한국인 체질에는 잘 맞지 않으므로 처음에는 풍토병, 다음에 열사병 그리고 냉방병을 조심해야 되었다. 웬만한 동네 병원 규모의 의무실에는 간이 입원실의 구비는 기본이고, 의사 외에 위생병 출신 근로자도 간호사로 배치하였다. 일사병에 대비하여 각 캠프마다 알소금을 비치하였다. 일사병 환자도 더러 생겼지만, 다른 현장에서는 에어컨을 켠 채로 자다가 사망한 사례도 있었다.

알코바는 상하의 계절 즉 여름과 가을밖에 없는 지역이다. 해변서부터 바로 광대한 사막 벌판이 전개된다. 기후의 변화는 완만해서 크게 문제 되지는 않으나 문제는 일교차이다. 대기가 청명하고 수목이 없는 사막은 특히 일교차가 심하다. 40도가 넘는 뜨거운 여름은 차라리 그렇다 하더라도 겨울철에는 주야간의 기온 차이가 30도를 오르내린다. 겨울에도 한낮의 땡볕에서는 30도나 되었다가 새벽에는 살얼음이 어는 날도 있다. 같은 사우디라도 남쪽의 예멘산맥에는 눈이 내린 적도 있다고 들었다. 이런 환경을 모두 견뎌 내었으니 우리 근로자들은 참 건강하고 대단하기도 하다.

근로자들의 의욕과 사기를 진작시키기 위해 특정 작업을 가장 정교하게 많이 시공한 사람을 선발하여 포상을 실시하였다. 각 생활반의 정리 정돈 상태를 점검하여 포상 조로 현금 또는 차량을 제공하여 하루 일정의 근교 관광도 시켜 주었다. 다행히 현장에서 가까운 거리에 선셋 비치(Sunset beach)라는 해변이 있어서 수영은 하기 쉬웠다. 식당의 요리사들을 위해서도 가끔 요리 경진대회를 열었다. 상담실을 두어 근로자들 개개인의 애로사항을 청취하고 해결 방안을 세워 주기도 했다. 새마을회관에는 간이 운동기구와 비디오 세트를 비치하였다. 비디오 테이프를 매일 5편씩 빌려와서 25개소의 새마을회관마다 순환시킨다. 사우디에 1년만 근무하면 전 세계의 유명 드라마는 거의 다 보게 된다.

새마을회관의 벽 선반은 책으로 꽉 차 있다. 공사 현장의 필수 도서가 백과사전이고 고전과 현대 소설의 장서가 꽤나 된다. 월간지와 신문도 다음 날은 받아 볼 수 있다. 그중 제일 인기 있는 책은 무협 소설이었다. 신간 소설은 거의 다 비치됐던 것으로 기억한다. 본사에서 지나치다고 할까 봐 텔렉스(TELEX) 한구석에 MHSS라고 치면 총무부 실무자가 무협 소설로 알아듣는다. 책들은 매일 같이 쏟아지듯 도착하는 근로자 편에 몇 권씩 맡기면 되었다.

국내에서 생산되는 각종 전기와 전자제품은 정부와 생산업체의 적극적인 지원을 받아 파격적인 가격으로 살 수 있는 할인 쿠폰제를 시행하였다. 근로자들의 생일날에는 우리가 학창 시절에 탐내던 파커 만년필을 선물하고 해당 생활 반에 생일 케이크를 챙겨 주었다.

날씨가 시원한 우리네 구정쯤에는 체육대회와 장기 자랑 대회도 하였다. 체육대회는 2개의 건축 공구, 토목, 전기, 기계, 패널 공구와 본부팀 이렇게 7개 팀으로 나누어 대항하였다. 근로자들은 2달 전부터 행사 준비를 했는데 입장 퍼레이드는 브라질의 카니발이 연상될 정도였다. 트레일러 장식용 거북선, 용, 호랑이와 꽃차 등 초청한 외국인들이 놀라서 탄복해 마지않는 볼거리였다. 여자로 분장한 근로자들이 어찌나 섹시하던지…. 경기 내용에는 국내의 체육대회 종목은 거의 다 있었으며, 민속풍인 씨름과 줄다리기도 하였다. 물론 경기마다 상품이 걸려 있었고, 각 공구 별 퍼레이드 시상이 제일 푸짐하였다. 근교의 선셋 비치에서는 물속에서 숨을 참고 오래 견디기 같은 시합도 종종 하였다.

이게 다 상품을 내주기 위한 배려였다.

장기 자랑 대회는 말도 못 한다. 근로자 중에는 가수, 탤런트와 댄서 출신뿐만 아니라 PD 출신도 있어서 박수갈채의 연속이었다. 만담 대회는 물론 심지어 시인도 끼어 있어 시낭송은 고향 생각에 눈물 짓게 만들었다. 일기 쓰기도 장려하는 의미에서 포상제를 실시하였다. 이런 게 대형 현장의 한 모습이다.

겪어 봤어?

아파트 기초를 시작할 때는 착공식, 마지막 지붕 패널을 덮을 때는 상량식을 했다. 고사 지내고 나서 먹자는 행사였다. 고기는 양고기가 맛이 좋아서 몇 마리를 잡는다, 한편 근로자의 여망에 따라 국내에서 냉동시킨 돼지머리 430여 두를 3년 동안이나 몰래 실어 왔다. 사우디에서 돼지고기는 종교적으로 금지된 육류이다.

현대의 전용선과 전용부두가 있기에 가능하였다.

현장 교육의 필요성

■ 건물 기초의 형틀 조립하기

국내에서는 콘크리트를 타설하기 위한 형틀을 세우려면 먼저 합판으로 패널을 짠다. 다음에 굵직한 상목으로 버텨 주고 대못질을 하는 방법으로 망치와 톱을 사용하여 조립하는 게 상식이었다. 이 방식은 더디기도 하거니와 5회 정도 사용하고 나면 패널이 못 쓰게 되어 버린다. 나는 패널을 20회나 재사용할 수 있는 선진적인 방식을 도입하여 재료도 아낄 겸 보다 능률을 내고자 EURO 패널시스템을 도입하였다. 이는 요즘 우리나라 건설 현장에서 거의 다 사용하는 방식으로 60cm×120cm 크기의 작은 패널의 주변을 작은 철제 앵글로 보강하여 혼자 다루기가 쉽다, 조립할 때는 패널의 조인트에 한 뼘 되는 납작 쐐기를 꽂고 나서, 쇠 파이프를 건너 지르고 폼 타이로 고정하면 간단히 끝난다. 이는 망치밖에 필요 없다.

현장에서 난리가 났다. 너무 어려워서 못 하겠다는 것이다. 근로자들은 자기들이 익숙하여 능률을 낼 수 있는 공법보다 새로운 공법에 대해서는 거부감을 나타내기도 한다. 나는 EURO 패널 전문 기술자를 데려다가 시범을 보였다.

한국인 근로자는 우리네 식으로 합판 패널을 조립하고, 그 옆 동의 기초는 전문가들이 EURO 패널로 조립하는 경쟁을 시켰다. 곧 판가름이 났다. EURO 패널의 조립이 완료되었을 때 한국 근로자는 절반도 끝내지 못한 것이다. 오늘날 우리네 공법은 모두 중동 현장에서 실험해 본 방식이다.

■ 바이브레이터 사용 방법

콘크리트를 타설할 때는 밀실하게 다지기 위해 바이브레이터를 사용한다. 나는 영국 시멘트 협회에서 기술자를 출장시켰다. 근로자들에게 폭 0.6m × 깊이 0.6m × 길이 2.4m 정도 되는 형틀 2세트를 짜서 콘크리트를 부어 넣게 했다. 하나는 우리 콘크리트공에게 바이브레이터를 사용하여 마음껏 다져 보라고 하였다. 그들은 콘크리트 속에 행여 기포라도 생길세라 바이브레이터를 이리저리 쓸며 몇 분 동안 다졌다.

다음은 전문가 차례다. 그는 바이브레이터를 들더니 한쪽 구석에서 수직으로 담근 채 5초 정도 지나서 뽑아내고, 한 발짝을 옮겨서 또 5초, 이렇게 4번을 담그더니 20초 만에 끝냈다. 콘크리트가 굳은 후에 절단기로 단면이 드러나게 잘랐다. 전문가가 다진 콘크리트는 완벽하였다. 반면에 우리 콘크리트공이 다진 것은 시멘트 죽은 죽대로, 모래는 모래대로, 자갈은 자갈대로 분리되었고, 기포투성이에 파도 무늬까지 있었다. 아무리 숙련공이라 해도 어깨 넘어 본 대로 일을 배워서는 안 된다. 교육의 필요성을 절실히 느꼈다. 영국에서 전문가를 초빙하는 것을 달갑지 않게 승인했던 우리 소장도 그들에게 한 수 배웠다.

■ 타워 크레인 안전교육

당시 국내에는 타워크레인이 몇 대 없어 운전기사가 드물었으므로, 일반 크레인 운전기사를 선발하여 30명씩 조를 짜서 프랑스 리옹(Lyon)에 있는 포테인 타워 크레인(Potain Tower Crain)사에 파견하여 운전 교육을 시켰다. 나중에는 포테인사로부터 타워 크레인 교육 겸 정비 기술자 부부를 초대하여 6개월간 현장에 체류시키며 미흡한 안전교육을 보충시켰고 그게 비용이 덜 들었다.

■ 타일 부착 방법 교육

국내에서는 시멘트 몰탈(Mortar)를 빵떡처럼 타일 뒷면에 없은 다음 벽에 대고 톡톡 두드려서 붙인다. 그러나 서구식 타일 부착 방법은 이와 전혀 달랐다. 서구 방식은 타일 뒷면에 타일 접착제(Tile adhesive)를 바르고 나서 빗살 모양의 스크레이퍼로 쓸어서 얇게 만든 다음에 벽체에 살짝 밀어 붙이는 방식이다. B.S. 기준은 최소 85% 이상의 접착 면이 벽에 닿아야 된다. 우리네 방식으로 타일을 붙이면 50%밖에 접착되지 않은 두꺼운 몰탈 사이 공간에 습기가 흐르므로 위생상 불결하다는 것이다. 특히 황사가 많이 날리는 사우디 현장에서는 타일을 부착하기 전에 비와 마른걸레로 벽면을 청소하여 불순물을 반드시 제거하도록 누누이 교육을 시켰다.

■ 바닥 대리석 제거 방법

이미 설치된 대리석 바닥 판을 뜯어내는 일은 절대로 쉬운 일이 아니나 핸드오버 검사를 받기 위해서는 불가피하였다. 무려 천3백여 개소나 되는 엘리베이터 로비에서 검사에 불합격받은 바닥 대리석 판을 뜯어내는 작업은 지금까지 아무도 겪어 보지 못한 일이었으므로 반드시 사전 교육을 받아야 했다. 다행히 바닥판 전문 숙련공이 몇 명 있어서 교육하기는 쉬웠다. 그들은 힐티 드릴로 대리석을 깨트리기 전에 줄

톱날로 줄눈을 가급적 깊이 파내고 물로 적셔 준다. 다음에 힐티 드릴을 사용할 때는 대리석의 결을 따라 갈라지기 쉽게끔 때려 준다. 가급적 한쪽 구석부터 시작하되 상대편 바닥판을 다른 사람이 딛고 서서 충격을 완화시킨다. 이걸 안 하면 진동 충격 때문에 뜯으려는 바닥판보다 인접한 바닥판이 먼저 들뜨므로 일이 커진다. 다행히 가르치는 숙련된 조교가 같은 동료였으므로 근로자들이 진지하게 배웠다.

겪어 봤어?

능률급이 문제였다

우리 근로자의 시공 기술은 놀랍기 짝이 없다. 작업반장급은 그 분야에서 완전히 도를 튼 사람임은 물론이다. 생각 나름으로 세계에서 제일가는 솜씨라고 단언할 수 있다. 우리 근로자들이 일을 배우는 속도도 매우 빠르다. 국내에서 공사 현장 구경도 안 해 보고 호텔에서 빵이나 썰다가 취업한 소위 나일론 근로자도 현장에 와서 두어 달만 지나면 선수가 된다. 문제는 그래서 더 골치가 아팠다는 얘기다.

게다가 능률급만 준다면 앞뒤를 가리지 않는 게 말썽을 일으키고야 만다.

참고 **능률급**

능률급이란 Incentive나 야리끼리를 구체화한 단어로 기준 물량을 정한 다음에 시공량이 늘어난 만큼 추가 급여를 계상하는 작업 독려책이다.

■ 시멘트 블록 쌓기

블록 쌓기 요령은 바닥에 먹줄을 친 다음, 양쪽 끝에 수평 실을 띄우고 다림추를 내려서 수평과 수직을 유지하면서 일일 5단 높이만 쌓는 것이다. 2인 일조로 블록공에게 외장용(exposed) 블록 쌓기를 시키면 하루에 180장 정도는 깔끔하게 쌓는다. 능률급을 계산해 주면 하루에 250장 정도를 쌓는데 그런대로 괜찮았다. 이걸 감독 없이 내버려뒀더니 수평 수직선도 안 맞춘 채로 바닥 먹줄만 따라 냅다 400장을 엉망으로 높이 쌓고 평균 일당의 두 배나 받아 갔다. 결국 배가 불룩해진 벽체는 헐어 버릴 수밖에 없었다.

■ 콘크리트 패널 조립

74평짜리 아파트 216동은 벽판과 바닥판뿐 아니라 발코니와 외부 장식까지 통털어서 콘크리트 패널을 조립하게 되어 있었다. 무려 35만 장이 넘는 콘크리트 패널을 짧은 공사 기간 내에 조립하기 위해서는 근로자들에게 능률급으로 추가 임금을 주는 방식이 최선이었다. 패널 조립을 시작한 초기에는 숙련된 조립공 한 팀이 하루에 18장을 세우는 게 고작이었다. 하는 수 없이 18장을 기본으로 하고 그 이상을 조립하면 능률급을 가산해 주기로 하였다. 얼마 지나지 않아 하루에 무려 48장을 조립하는 팀이 발생한다. 능률급을 가산하면 3달치 봉급에 해당되었다.

콘크리트 패널을 조립하노라면 먼저 벽판을 세워야만 그 위에 바닥판을 얹을 수 있다. 아무리 각종 패널의 생산 비율을 조절해도 그중에 희귀한 패널은 생기기 마련이다. 어떤 팀은 야간에 크레인을 몰고 가서 다른 팀이 세워 놓은 희귀 패널을 빼내어다가 자기네 건물에 짝을 맞추어 세우는 해프닝까지 발생하였다. 능률급이 문제였다.

■ 벽타일 접착 문제

앞서 교육 시킨 대로 접착면이 최소 85% 이상 벽에 닿아야 되는데, 우리식으로 붙이면 50% 이상이 들떠 있다. 그뿐만이 아니다. 근로자들이 벽면에 달라붙은 불순물을 솔질해서 닦아 내야 하지만, 능률급을 더 받아야 하는 상황에서 누가 벽면을 닦겠는가? 그래서 해외 현장에는 성실한 작업 정신을 가진 타일공이 반드시 함께 일해야 한다.

한편 타일 벽 전체가 떨어졌던 적이 있는데 그 이유는 박리제(Foam oil) 선정을 잘못한 것으로 판명되었다. 앞서 사용한 박리제는 형틀에 칠해진 그대로 남아 있으므로 형틀을 계속해서 사용하는 데는 도움이 된다. 그러나, 타일을 P/C 벽에 부착하려면 박리제가 탈형 후 일주일이면 공기 중으로 날아가 버리는 휘발성 성분이라야 되었다. 우리 직원도 두 종류의 박리제가 있다는 걸 배웠다.

■ 바닥 테라조 타일이 턱지다

공사감리는 2개 감리회사에서 맡았다.

중앙도로를 경계로 남쪽은 독일의 Weidle Plan, 북쪽은 영국의 Sir John Burnet Tite였다. W/P는 평소에 일관적인 감독을 해서 큰 문제가 없었지만, SJBT는 현장 감독들이 평소에 농땡이 치다가 Hand Over 시점에 와서 전체적인 불합격(Total rejection)을 시켰다. 4,106세대의 내부 바닥에 들어가는 테라조(Terrazzo) 타일은 엄청난 물량이었다.

부끄러운 일이지만 감출 얘기도 아니다. 타일 바닥이 평평하지 않고 턱지는 곳이 많이 발생하였다. 능률급을 더 받으려고 근로자들이 기준 물량의 2배 이상을 깔았으니 어쩌겠는가.

시중에서 바닥 테라조 연마기 몇 대를 구입한 다음 중기공장에서 복제하여 모두 100대를 동원하였다. 한편 드럼통을 2개를 용접하여 맞붙여서 찌꺼기 담는 통 100개를 만들어서 각 세대의 발코니에 걸어 놓고 테라조를 연마하면 생기는 죽을 담아서 크레인으로 반출하였다. 하여간 이런 엄청난 보수작업을 하고도 공기를 맞췄고 예산도 오버하지 않았다.

■ 바닥에 대리석 깔기

이태리 대리석은 산지 규모가 크고 무늬가 균일하여 아무 대리석이나 보기에 비슷비슷하다. 이번 공사는 발주청의 요구에 따라 사우디 대리석을 쓰게 되었다. 사우디 대리석은 경도나 무늬는 이태리 대리석보다 우수하고 아름다우나 색상이 균일하지 않다는 게 문제였다. 분홍색, 흰색, 회색, 검정색까지 무늬와 색상이 다양하였다.

대리석공이 처음 견본시공을 하였을 때는 감리관이 놀라 자빠질 정도로 완벽했다. 그러나 막상 대리석 시공을 끝낸 결과 이것도 전체적으로 불합격되었다. 'Mis-matching Marble'이라는 전례 없는 신조어가 대두된 것이다. 대리석 한 박스를 뜨면 한 덩어리를 잘랐으므로 무늬가 거의 같다. 그러나 다음 박스를 열어 보면 무늬가 다르다. 무늬가 다를 경우 박스를 몇 개 더 열어서 비슷한 무늬끼리 선별하여서 까는 게 상식이다. 문제는 능률급에 있었다.

게다가 만기가 되자 시공에 참여한 근로자, 직원과 공구장도 귀국해 버렸다. 이걸 내가 떠맡아서 준공시킨다. 나는 사무실에서 나와 Final Handover 공구장이란 새 직책을 맡는다.

대리석은 계단과 엘리베이터 로비에 붙였는데 4106세대 ÷ 3세대/층이면 무려 1,300여 개소의 로비이다. 나는 그중 가장 상태가 불량한 2개 로비를 과감히 뜯어내었다. 소장이 아파트를 다 허물려고 그러느냐고 역정을 냈지만 나도 생각이 있었다. 그다음에는 '완강하게 버텼다'. 영국의 어느 궁전 바닥에 깔린 'Mis-matching'된 대리석 바닥의 사진을 감리관들에게 보여 주고 그 궁전과 비슷하면 합격, 아니면 뜯어내기로 하였다. 결과적으로 뜯어낸 대리석은 몇 장 안 되었다.

참고 金, 銀, 銅

모든 공사용 재료는 산업 규격에 맞는 정품만을 사용하는 게 평소에 내가 공사에 임하는 자세이다. 그래서 계약 단가가 은(銀)인데 그보다 저렴한 동(銅)을 사용하려는 성격이 아니다. 하지만 발주처나 감리자가 은(銀)보다 고가의 금(金)을 요구하면 절대로 이에 응하지 않는다.

부엌 가구

무려 4,106세대의 부엌에 가구(Kichen cabinet)를 설치
하는 공사다. 자재 승인 과정에서부터 어려움이 있었다.
Weidle Plan은 독일제를, Sir John Burnet Tait는 영국제를,
본사에서는 현대 목재(리바트) 가구를 무조건 승인받으라
는 것이었다. 나는 시중에서 독일제와 영국제 부엌 가구 중
에 장점에 착안해서 현대 목재에 알려 주고 이와 비슷한 디
자인을 요청하였다. 어느 나라나 부엌 가구의 디자인은 비
슷하지만 싱크대의 탑이 국산과 차이가 있었다.

일반적으로 국내에서는 평판 라미네이트를 잘라서 부착
시키는데 그들의 요구는 달랐다. 개수대 탑의 앞턱에 절단
면이 있으면 물이 스며들어 녹아 떨어질 우려가 있으므로
절단된 모서리가 생기지 않도록 만들라는 것이었다. 다시
말해 멜라민 라미네이트 판재를 미리 구부릴 수 있는 포스
트-포밍 라미네이트(Post-forming grade laminate)재를 사
용하라는 주문이었다. 현대 목재에서 즉시 포스트포밍 라미
네이트를 구입해서 탑의 앞턱이 둥글게 마무리된 실물 견본
을 제출하자, 일단 디자인 승인을 받고 현대 목재에 제작 주

문을 하였다.

문제는 또 있었다. 감리회사가 한 번에 코멘트를 하지 않고 시일이 지난 후에 추가 요구를 한다는 것이다. 이어서 추가 요구가 나왔다. 캐비넷 문짝을 여닫을 때 몇 회나 견딜 수 있는지 공인된 시험성적서를 제출하라는 것이었다. 캐비넷 제작에는 일반적으로 MDF(Medium Density Fiber) 판재를 사용하는데, 나사못을 판재가 잡는 힘(Screw holding pressure)이 MDF로는 미흡한 듯하였다. 부득이 캐비넷의 문짝과 벽판제는 HDF(Hard Density Fiber)재로 대체하였다.

문제는 거기서 끝나지 않는다. 4,106세대분 전량이 건물 마감도 끝나기 전에 도착하였다. 라미네이트 제품은 고온에서 견디지 못하고 떨어질 염려가 있었다. 할 수 없이 부엌 가구 보관용 창고를 짓는다. 환기가 잘 되도록 합판 바닥을 들어 올리고 에어컨을 가동하여 보관 기온을 유지했다.

그런데 마지막 문제는 반입된 가구의 현장 검수 시 터진다. SJBT의 시니어 감리관이 B.S.C.P를 보여 주면서 라미네이트를 부착한 모든 판재에는 'Back paint'를 칠해야 된다고 뒤늦게 지적한 것이다. 놀라서 살펴보니 다른 부재는 괜찮은데 뒤판만은 벌거숭이로 남아 있었다.

창고 안에 해체팀, 도장팀과 조립팀의 칸을 구분해 놓고 정말로 삽시간에 다 끝내 버렸다. 이건 나의 인내심과 집념을 시험한 결과였다. 어려운 보수작업을 실현해 준 우리 근로자들의 탁월한 기능과 끈기에 이 자리를 빌어 감사드린다.

솔직히 해외 건설 현장에서 국산 부엌 가구를 납품한 사례는 별로 없는 듯하다. 대부분의 건설 회사들은 유럽산 부엌 가구를 납품한 걸로 들었다.

잠재적 위험

아파트 동수(棟數)가 많다 보니 어린이 놀이터가 46개소나 되었다.

사우디 정부와 계약한 컨설턴트는 모든 공사용 재료의 기술적인 승인만 하고 시각적인 승인은 주택성 장관이 하게 되어 있는 게 불문율이다. 예를 들어 페인트의 품질은 감리단이 결정하지만 색상은 발주처 장관의 소관임과 같다.

한편, 전에 부엌가구를 승인받을 때 W/P와 SJBT사가 서로 자국 제품을 쓰도록 조르는 바람에 시달린 적이 있기에 이번에는 처음부터 미국 제품을 제출했더니 군소리 없이 승인해 주었다. 미국은 1,2차 세계대전을 승리로 이끈 나라여서 번영가도를 달리고 있는 덕분에 건설공사나 감리보다는 자재 조달에만 관심이 있었다. 공사와 직접 관련이 없는 미국 놀이터 시설이 어부지리를 본 셈이다.

여러 종류의 놀이터 시설의 승인을 받았으나 유독 '그네'만큼은 주택성이 반려하였다. 몇 달이 지나자 감리단은 손을 떼고 직접 승인을 받도록 종용하였다. 나는 350km나 떨어져 있는 수도 리야드로 주택성 장관을 만나러 갔다. 사우

겪어 봤어?

디의 장관 면회 절차는 의외로 간단하였다. 일단 신분이 확인된 다음 장관실 복도 앞에 있는 장의자에 앉아서 기다리면 차례가 온다. 나는 전에도 페인트 색상의 결정을 받기 위해서 장관실을 찾은 적이 있으므로 그도 기억하고 반가이 맞아 주었다. 비서를 시켜 홍차를 연거푸 따라 주면서 찾아온 사유를 묻기에, '그네' 때문에 왔다고 말했더니 "위험해(Dangerous)." 딱 한 마디뿐이었다. 아이들이 그네를 타다가 잡은 손을 놓으면 떨어진다는 얘기였다. 나는 대뜸 알아챘다. 현장으로 돌아오자마자 나는 바로 공문을 썼다.

"존경하는 왕자님, 장관 전하,
전하께서 이 나라 아이들을 염려하시는 데 감동을 받았습니다.
전하께서 지적하신 바와 같이 아이들이 그네 잡은 손을 놓으면 떨어져 다친다는 건 사실입니다.
지금 전 세계의 놀이터에서는 아이들이 그런 '잠재적인 위험(Potential Risk)'을 무릅쓰고 도전하며 성장하고 있습니다.
전하께서는 아이들이 건강하게 자라나서 가까운 장래에 세계 각국 사람들과 어깨를 나란히 하고 경쟁에 이기기를 바라실 겁니다.

그렇다면 전하께서 아끼는 아이들이 '그네'에 도전하여
'잠재적인 위험'을 극복할 수 있어야 합니다."

드디어 승인이 났다. 제출한 서류 겉장에는 서명 대신
"EXCELLENT"라는 쓴단어가 표지 전체를 뒤덮고 있었다.
한동안 감리관들은 나를 'P.R.'이라고 불렀다.

겪어 봤어?

근로자 긴급 투입

알코바 현장의 공사 규모는 건물 216동에 74평 아파트만 4,106세대이다.

우선 본공사 현장에 상주하는 6천 명 근로자만 해도 근무 기간을 일 년으로 잡으면 매월 500명씩 출입국하게 된다. 300명 직원의 경우 6개월에 한 번 휴가를 가게 되면 매월 50명씩 나가고 들어온다. 이는 웬만한 여행사보다도 많은 인원을 다루게 되므로 여권 전담 직원의 배치가 필수이다.

계약고의 2%나 받는 왕자급 공사대리인의 사무실이 있지만, "목마른 자가 우물 판다"고, 우리 직원이 상주하다시피 하며 사무실에 보관된 여권을 제록스로 복사하고 출입국 관리 기록을 작성해야 되었다. 지금은 어린아이도 즐기는 핸드폰은커녕 당시에는 삼성, LG의 개인 P/C도 개발 전이라 국내외 통신은 TELEX에 의존하였고, 타자기 아니면 필기에 의존하였으므로 업무 능률이 날 수가 없던 시절이었다.

현장소장은 직원의 휴가 스케줄 도표를 벽에 붙여 놓고 직원의 공백을 채우는 데 여념이 없었다. 게다가 예기치 못한 '핸드오버(Hand-over)'라는 특수 상황이 발생하자 이를 공사 기간 내에 마치기 위해서는 추가로 1,500명을 송출받아야 하는 화급한 문제에 당면한다. 이는 점보 여객기로 우리 현장으로 오는 인원을 절반 즉 200명으로 추산해도 2개월이 소요된다.

과감하고 저돌적인 성품의 현장소장은 몇 대의 버스를 공항에 대기시켜서 타 현장으로 가야 할 인원까지 납치하다시피 하여 우리 현장으로 데려왔다. 타 현장에서는 난리가 났고 원성이 자자했지만 우리 소장은 눈 딱 감고 이를 무시했다. 마침 여객기가 착륙할 다란(Dahran) 공항이 우리 현장 근처에 있기에 가능했다. 공항이 없거나 멀리 있는 도시였다면 어림도 없는 일이었다. 핸드오버 작업이 끝이 나자 타 현장으로 갈 예정이었던 근로자는 모두 해당 현장으로 복귀시켜 주었다.

하이 다이빙

내가 25년 만에 하이 다이빙에 성공한 얘기를 하고 싶다.

알코바 시에서 담맘 시로 가는 길에 독일 감리회사 Weidle Plan이 감리한 초현대식 수영장이 있었다. 수영장이 준공 단계에 이르자 염소 정화 처리 테스트를 해야 하므로 수질을 오염시킬 필요가 생겼다. 감리단에서는 우리 현장 사람들을 동원해서 수영을 좀 해 달라는 협조 요청이 왔다. 당시 우리 현장은 직원과 감리단 요원만 해도 500명쯤 되었으므로 모처럼 깨끗한 수영장에서 수영을 즐길 기회가 온 것이다.

10m 하이 다이빙대는 엘리베이터를 타고 올라가게 되어 있는데 직원들이 호기심에 다이빙대 꼭대기까지 올라가기는 해도 아래를 내려다보고는 질려서 아무도 뛰어내리지는 못하였다. 그 꼴을 보자 나는 그만 객기가 발동하였다. 다이빙대 맨 끝에 발끝으로 서서 천정을 바라보고 심호흡을 한다음 몸을 날렸다. 물 위로 머리를 내밀자 박수와 환호성이 쏟아졌다. 어쩌다 착수에 성공했나 보다.

고교 시절에 서울운동장 풀장에서 10m 하이다이빙을 연습해 본 지 25년 만이다.

다이빙이 취미였던 나는 교내 수영장에서는 풀장 가에서 그냥 뛰어 들어가는 기초 동작을 익혔다. 여름 방학 중에는 수영부가 수영대회 준비 훈련하느라 독차지해서 몇몇 친구들과 나는 뚝섬에 있는 야외수영장에 가곤 하였다. 그러나 거기는 나지막한 스프링보드 다이빙대밖에 없어 그런대로 연습은 할 수 있었다.

에피소드가 있다면 그때 일행이 4명이었는데, 수영을 마치고 나면 시원한 아이스케이크 같은 게 몹시 먹고 싶었다. 친구 넷이 물끄러미 아이스케이크 구루마를 바라보다가 누가 먼저랄 것 없이 아이스케이크를 사 먹는다. 그리고 나선 기동차 표를 살 돈이 떨어져서 터덜터덜 철로 길을 따라 걸어서 집으로 돌아가던 생각이 난다.

아내와 아이들은 내가 죽는 줄 알았다고 한다.

수영장 내부 벽에는 수족관처럼 복도에 큰 유리창이 나 있었는데 어떤 직원이 내다보다가 내가 돌고래처럼 입수하는 모습을 봤다고 한다. 이 일로 감리관들의 나에 대한 경외심이 높아졌다. 하루는 독일 Weidle Plan의 감리단장 플러르트 씨가 자기 숙소에서 한잔하자고 초대하였다. 답례로 우리 숙소에도 초대했고 이어서 우리는 돈독한 관계로 발전

겪어 봤어?

한다.

상호간의 신뢰감이 우리 알코바 공사 준공에도 일조를 했
을지?

가족과 함께

사우디 '알코바 아파트' 건설 현장에 부임하는 직원들은 거의 다 독신으로 부임하여 근무 기간을 마친다. 회사의 예산상으로도 그렇지만, 사우디는 남성 위주의 사회풍토라서 가족의 합류는 극히 제한적이었다. 공정상 체류 기한이 긴 필수 요원 중에 간부급만 해당된다. 해외 지사도 아닌 공사 현장에 가족 송출은 근로자들의 선망의 대상이기도 하다. 나는 운이 좋아 본사로부터 가족 송출 승인을 받아 가족들과 함께 지내게 되었다. 1979년에 드디어 아내가 근무하던 대학에 사표를 내고 아이들과 함께 현장으로 왔다.

■ 아내

독일 컨설턴트 Weidle Plan의 감리관들은 대부분 아일랜드 출신이었다. 그중에 건축 선임 감리관인 오클러리(O'clery)는 유난히 까다롭고 신경질적이었다. 이혼을 두 번이나 당했다는 그는 내가 보기에도 정상이 아니었다. 우리 직원 기사들을 믿지 못하고 의심이 많아 툭하면 나를 만나자고 하여 상대하곤 하였다.

하루는 현장에서 나와의 대화를 녹취하겠다면서 소니 녹음기를 내밀었다.

"이거 왜 이래, 그런 장난감은 나도 있어" 하면서 나도 녹음기를 꺼내 들었더니 그도 멋쩍었는지 녹음기를 주머니에 집어넣었다. 그날 저녁에 한잔하자고 우리 숙소에 초대하였다. 그는 아내와 몇 마디 주고받더니 완전히 딴사람이 되었다. 다음 날부터 어쩌면 그리 너그럽고 미소를 짓는 상냥한 사람으로 바뀌었는지 어리둥절할 지경이었다. 그 이래 오클리와는 친구가 되어 그가 애지중지하는 유명한 스포츠카 포르쉐도 빌려 타곤 하였다. 미인계까지는 아니라도 아내의 내조를 부정할 생각은 없다. 직원들도 주말마다 우리 숙소에 모여 예배를 보고 나면 내게 친근감을 감추지 않았다.

하루는 아내와 아이들을 데리고 과일과 생선을 사러 갔을 때였다. 큰아들은 포도를, 작은아들은 수박을 먹고 싶어했다. 중학생인 큰아들이 외국인 학교에 다니고 있어 봉급의 많은 부분이 학비로 지출되고 있을 때였다. 포도가 수박보다 훨씬 비싸기도 해서 포도는 한국에 가서 맘껏 먹게 해 주겠다고 아이들을 달랬다. 그걸 눈치챘는지 상점 주인이 수박과 함께 포도 한 송이를 넣어 주면서 포도 값은 안 받겠다

고 했다. 자존심 상하고 무안하기도 하여 굳이 포도 값을 내
려고 하자, 포도는 자기가 주는 선물이라며 자기는 친구에
게 선물값은 받지 않는다면서 웃었다.

■ 아이들

현장에 아이들이 드물다 보니 현장 근로자들은 우리 아이
들을 무척 귀여워하였다.

가족이 도착하던 해에 설날을 맞게 되자, 애들이 가족 숙
소에서 가까운 직원 식당 주방 요원들 숙소에 세배를 갔다
가 엄청난 세뱃돈을 받아 온 것이다. 아이들이 몇 안 되는
현장이라 근로자들에게 귀여움은 받아 왔지만, 만약 아이들
이 근로자 숙소를 모두 돌아다니며 세뱃돈을 받았다가는 큰
일 나겠다는 생각이 들었다. 약산해 보면, 당시 현장 인원을
6,000명×1사우디 리알/인×3백 원(1리알=3백 원)'이라고 쳐
도 180만 원이란 거금이 된다.

아차, 싶어서 아이들에게 대충 설명하고 세배 인사를 못
가게 하였다. 그 대신 며칠 있다 현장에서 근로자 아저씨들
을 만나면 깍듯이 새해 인사를 드리고 세뱃돈이라도 주려
하면 도망치라고 하였다. 인원이 많은 현장에서는 공사에
관련 일이 아니라도 바짝 신경을 써야 한다. 나중에 이런 얘

기가 퍼지고 나니까 근로자들이 나를 더욱 따르게 되었다. 현장엔 수많은 근로자들이 분주하게 움직이고 있었다. 하얀 수건으로 눈만 내놓고 얼굴 전체를 가린 채 모래바람과 싸우며 일하는 근로자들. 그걸 보고 자라면서 아이들은 한국의 위상과 노동의 실상을 체험하며 경제관념이 투철해진 것 같다.

사계절이 뚜렷한 한국에서 살다가 사철 무더위와 모래바람이 창틈으로까지 스며드는 환경에 적응하기란 그리 쉬운 일은 아니었을 것이다. 그러나 아이들은 가족이 모여 함께 살게 된 것만으로도 신이 나는지 모래바람도 마다 않고 뛰어놀았다. 출근하여 밤 11시가 넘어야 퇴근하는 아버지의 일상을 보면서 아이들은 일찍 철이 들었는지 점심 후 낮잠(siesta)에는 기특하게도 아빠의 잠을 방해하지 않으려고 앞마당에 모여서 놀지 않으려 했다. 그때의 경험이 주효했는지 두 아들은 남다르게 검약하고 인내심이 강하다. 아무리 어렵고 힘든 일도 도중에 포기한 적이 없다.

파이널 핸드오버

알코바 현장의 공사 규모는 4층, 6층, 8층 건물 216동에 74평 아파트만 4,106세대이다. 그중 Weidle Plan의 감리 소관이 2,306세대, Sir John Burnet Tite의 소관이 1,800세대로 기억된다. 바닥 태라조와 대리석이 전반적으로 불합격된 건물은 SJBT 소관의 1,800세대였다. WP사는 핸드오버 검사를 통과시키기로 방향을 정하고, SJBT의 동향을 예의 주시하는 듯하였다. 이와 관계없이 파이널 핸드오버(Final Handover) 작업 및 검사는 전체 4,106세대를 대상으로 하였다.

현대건설이 4년이나 공사를 한끝에 계약 공기를 넘겨 지체 보상금 부과와 함께 Black list에 오르는 불명예를 안을 수는 없는 일이다. 핸드오버 작업에 동원된 근로자가 무려 만여 명으로 우리 건설기업이 사우디에 진출한 이래 기록적인 사례였다. 인해전술(人海戰術)이었다.

테라조 바닥 물갈기와 대리석 보수 후에 이미 벽 페인트의 터치 업과 청소를 했으므로 핸드오버를 위한 작업량이 그리 많이 남지는 않았으나 철저하게 수정작업을 하고 검사를 받는다. 파이널 핸드오버 작업은 40여 개의 작업조를 각

겪어 봤어?

아파트의 규모나 상태에 따라 20~30명으로 편성한 라인 작업으로 옥상으로부터 내려오면서 보수작업을 마치고 세대별, 층별로 최종 검사를 받는 일이다. 타 현장에서 근무 기간이 끝나 귀국 예정인 직원들로 모두 받아서 라인 작업의 선두 책임을 맡겼다.

터치 업은 페인트를 찍어 바르는 대신 흠이 난 벽면 한 스판을 새로 칠하였다. 천장과 벽의 수정작업이 끝나는 대로 바닥을 덮었던 시트를 걷어 내고 청소하면 끝난다. 부엌 가구는 깨끗히 닦아 낸 다음에 클리너를 발라서 아예 광택을 내 주었다.

계약 공기 내에 핸드오버 하는 게 목표였으므로, 인원이 충분한 데다 작업 솜씨가 탁월하여 어떤 작업이든 시작만 하면 바로 끝냈다. 세대별로 합격하는 대로 상여금을 받는 덕분에 근로자들도 진지하고 열심이었다.

얼핏 무모한 듯한 작전이 결과적으로 성과를 올렸다. 이는 소장님의 과단성과 현대맨(Hyundai man)의 응집력의 산물이다. 그분은 서울 압구정동에 처음으로 현대아파트 단지를 건설한 분이다. 그런 용단을 내린 소장님께 찬사를 보낸다. 핸드오버 작업을 마치고 나서도 아직 근무 기간이 남은 근로자들은 원래 가야 할 현장으로 보내 주었으니, 공항에 도착한 인원을 마구잡이로 전용할 때 들던 원망도 해소

된 셈이다.

하늘이 도와서 '핸드오버' 작업이 순조롭게 진행된 결과, 정해진 공사 기간과 예산 내에 6억8천만 불짜리 아파트 공사의 준공이라는 대단원의 막을 내리기에 이른다.

이런 일은 해외 건설사에 남는 마지막 사례이길 바란다.

■ 여담

WP와의 관계
....

현장에 배치된 감리원들 중에 아이리쉬 출신이 많았는데, 한번은 알코바 병원에 취업 나온 아이리쉬 여간호사들과 단체 파티를 한 적이 있다. 그 후부터 자연스럽게 우리 직원들과 친구처럼 되어 갔다. 초기에는 내가 WP쪽 현장 공구장이었으므로 시니어 감리와 엔지니어 나름의 이해와 신뢰감이 쌓였다. 물러르트 소장과 우리 가족은 서로 왕래하는 사이가 되었고, 특히 아내를 딸처럼 여기게 됨에 따라 전적인 호의를 갖고 있었다.

SJBT와의 관계
....

핸드오버 막판에 막후교섭으로 우리 회사에서 세 사람을 정책적으로 영입한다.

겪어 봤어?

현장에 있던 악질적인 감리는 사우디 내 다른 현장에 배치한 후 3개월의 시용 기간이 끝나자 부적격으로 판정하여 아냈다. 시니어 감리는 사우디 내 다른 현장에 배치되자 실력을 인정받아 그 후 10년이나 현대 직원으로 근무한다. 1990년에 내가 싱가폴 현장에 근무할 때도 그를 공무 총괄 기사(Project Engineer)로 배치하여 3년간이나 함께 일하였다. 감리단 소장은 사우디 현장에 기술 고문(Technical Advisor)로 근무하다 일 년 후에 은퇴하고 본국으로 돌아갔다.

에필로그

무려 6억 8천만 불의 알코바 현장 얘기를 하자면 입이 근질근질해서 그냥 넘어갈 수 없는 일화도 있다.

■ 아파트를 지을 현장은 사막 벌판이었다

숙소에 있는 식당에서는 때가 되면 주먹밥을 날라다 주었는데 먹을 장소가 없었다. 사실 알코바 시내에는 없는 것이 없었다. 천막, 철제 하우징과 컨테이너도 있고 야전 식탁도 얼마든지 살 수 있었으나 소장이 고집불통이다. 뭐든지 사자고 말하면 돌아오는 것은 "실행 예산에 들어 있어요?" 하는 그의 반문이었다. 결국 햇볕만 가리는 텐트를 치고 선 채로 밥을 먹는 중에 "휙" 하고 황사가 불어닥쳤다. 눈을 씻고 보니 주먹밥이 누런 모래 밥이 되어 있었다.

■ 지하 주차장 외벽 방수

이라크의 사마라와 팔루자 현장의 지하 방공호 방수가 부실하여 내가 가서 에폭시를 주입하여 방수 콘크리트 구조로 개조하느라 곤욕을 치룬 적이 있다.

W/P 감리단의 시니어 감리는 나와 터놓고 지내는 사이였다. 우리 현징에는 46개소의 반지하 주차장이 있었는데 지하 외벽이 역청시트(Bituthene sheet) 방수로 설계되어 있었고 자재도 이미 들어와 있었다. 하루는 감리관 사무실에서 커피를 마시다가 내가 농담 삼아 말하기를, "물기도 없는 바짝 마른 사막에서 역청 시트로 방수한다는 건 설계가 오버된 듯하다. 나 같으면 콘크리트 면의 보호 차원에서 역청칠(Bitumen coating)로 설계 하겠다."고 말했더니, 그가 정색을 하고 진지한 어조로,

"그럼 비투신 시트 대신 비투멘 코팅만 하고 끝내라."

그 말에 따라 비투멘 코팅만 해서 시공 기간이 적잖이 단축되었다. 비투신 시트와 비투멘 코팅제는 자재과에서 다른 현장과 교환해서 자재비 예산도 절감된 건 물론이다. 그러나 이라크 방공호의 하자를 겪은 후부터는 알코바의 주차장 방수를 변경했던 일이 찜찜했었는데 어언 45년이 흘렀다.

■ 30분 내화문(Fire Check Door)

아파트 각 세대의 현관 문은 30분간 화재에 견뎌야 되는
목제 문틀과 문짝이었다.

영국과 미국의 화재 실험소에 문 3세트씩을 공수하여 실
물 테스트를 하였다.

1) 영국은 3개 항목을 테스트 :
 - 고열의 화염으로 인한 문 자체의 인화 또는 자연 발화
   가능성
 - 실내에 인접한 기물에 인화 가능성 여부를 판단하기
   위한 문짝의 단열성
 - 불길 또는 가스가 안으로 스며들 가능성 여부

2) 미국은 1개를 추가하여 4개 항목을 테스트 :
 - 화재 진압 과정에서 소방 호스로 진압 용수를 방사했
   을 때 문짝의 붕괴 가능성 여부

○ 테스트 결과, 문짝과 문틀 마구리에 흠을 파낸 후 열팽
  창성 띠(Intumescent strip)를 삽입하였다.
문의 안팎에는 전면적으로 내화 도장(Fire Retardant Coat-

ing)을 하게 되었으니, 이 내화문 세트는 내화 실험에 합격되었는지, 아닌지 나는 아직도 모르겠다.

앞으로 목제 내화문 제작 시 반드시 유념해야 될 일이다.

■ 기성고를 못 받다

언젠가 매월 지급받는 공사 기성고를 주택성에 청구했는데 한 달이 지나도록 소식이 없다. 할 수 없이 기성고 담당 직원이 리야드로 주택성을 찾아갔더니, 장관 비서가 장관 면회는커녕 우리 현장에서 제출한 기성고 청구 서류 뭉치를 쓰레기통에서 꺼내 던지며, "서류가 틀렸어." 하더란다. 자세히 살펴보니 겉표지에 "PUBLIC HOUSING"이 아닌 "PUBIC HOUSING"이라고 기재되어 있더라고.

복사기의 확대 기능이 개발되지 않은 당시에 공무부에서는 표지를 멋지게 장식하느라 큰 문자는 템플레이트(Lettering set)를 사용해서 한 자씩 그려 넣었다. 그러다가 실수로 "PUBLIC"에서 "L" 자를 깜빡한 것이다, 그 철자 "L"을 빼면 무슨 단어가 되는지 사전을 찾아보시라.

당시 매월 받던 기성고가 2천만 불 정도 되었으므로 본사뿐만 아니라 해외 구매 지점에서 자금 소통에 차질을 빚어 난리가 났었다.

■ 라이브 테스트(Live Test)

타워 크레인이 100대나 동원되다 보니 전복 사고도 났다.
패널을 들어 올리려면 와이어를 U자형 고리(Shackle)에 묶
어야 한다. 지상에서 조립공이 작업을 서두르다가 고리의
고정 나사를 덜 조여서, 올리는 도중에 나사가 빠져 패널이
떨어져 버렸다. 이 반동으로 인해 타워 크레인이 평형을 잃
고 중량추(Ballast) 쪽으로 전복되고 말았다. 다행히 운전기
사는 무사하였으나, 중량추가 지붕 바닥판을 뚫고 아래층
바닥 판까지 파괴하였다.

P/C 조립식 건물은 부엌에서 사용하는 가스 폭발 등에 대
비하여 매층마다 테두리 보로 보강한다. 바닥판이 2개 층이
나 파괴되었음에도 불구하고 벽체는 끄떡없었다. 전복 사고
덕분에 Live-test를 성공한 것이다. 감리회사에서는 오히려
축하 메시지를 보내 왔다.

■ 힐티 해머드릴

바닥 대리석 교체 작업에는 스위스제 힐티 해머드릴이 필
요했다. 현장에 힐티 해머드릴이 거의 안 남았기에 자재 담
당이 100대 구매 신청서를 갖고 왔다. 결재가 문제였다. 평

소에는 실행 예산 대비표를 함께 제출하면 별 문제가 없었다. 그러나 실행 예산에 없는 품목을 제출하면 난리가 난다. 전에 자재 담당이 소장님의 심기를 건드려서 혼난 적이 있다. 결재 서류를 집어 던지고 나자, 자신도 민망한지 필통을 냅다 집어던졌다. 결국 내가 나설 수밖에 없다. 저녁 식사 후 라운지에서 TV를 보며 일상 애기를 하다가 슬슬 다가가서 말을 건넨다. "대리석 뜯어 내는 데 햄머드릴 100대만 내줍시다." 했더니,

"그거면 되겠어요? 내일 올리세요" 하는 대답을 들었다. 좀 "욱"하는 성질이 있어서 그렇지 심성은 고운 분이시다. 해머드릴은 국내 시세가 2백50만 원 정도하므로 100대면 2억5천만 원이나 된다.

그런 분이 현장 초기에 야간 작업을 위해 투광기 한 대만 사자고 했더니 거절했던 분이다. 3년이 지나자 해외 현장의 실정에 대해 감을 잡으셨다. 도대체 그 많던 공구들은 다 어디 갔을까? 귀국하는 근로자들의 트렁크에 한 대씩은 너끈히 들어간다는 것이다.

■ 왕자의 별장 공사

해군기지에 근무하던 공구장이 공사를 마친 후 우리 현장

근처로 왔다. 우리 현장 앞 도로 끝에 있는 육개도에 국방 장관 파하드 왕자의 별장 공사를 맡게 된 것이다. 현장에 와서 징징거렸다. 우선 지붕 모양이 문제인데 시드니의 오페라 하우스처럼 생겼다. 경험 많은 목수 10명만 지원해 달란다. 그가 바로 연전에 투광기 한 대를 얻으러 갔더니 거절했던 친구다. 나는 어찌 애를 먹일까 하다가 마음을 바꾸었다. 나는 목수뿐만 아니라 숫제 지붕의 P/C 패널을 완전하게 제작해서 보내 주었다.

고마워서인지 그는 두 척이나 되는 왕도미를 가끔 보내 주었다. 그런데 이게 정구공처럼 단단해서 부엌칼로는 자를 수가 없다. 간부 식당에 보냈더니 며칠 후 주방장이 나긋나긋한 사시미를 가져왔다. 말인즉 왕도미를 급격 냉동시켰다가 해동해서 냉장고에서 섭씨 4도에 숙성시켰단다. 큰 생선은 잡는 즉시 머리를 쳐서 기절시켜야 되는데 현장에서 잡은 채로 가져와서 그렇단다. 왕도미 다루는 방법을 한 수 배웠다.

■ TV 교환

그곳에서 보던 TV(SECAM)는 우리나라와 송출 방식(PAL)이 달라서 귀국하면 쓸 수 없다.

TV를 산 지 이미 1년이 넘어 교환은 안 되겠기에 TV 한

대를 새로 사면 쓰던 TV를 중고품 가격으로 계산해 줄 수 있느냐고 아내가 물어 보았다. 주인은 기꺼이 무상으로 교환해 주겠단다.

나는 염치가 없어 왜 손해 보는 일을 하느냐고 되물었더니, 그는 빙긋이 웃으면서 '친구'이기 때문이라고 했다.

▪ 에누리

아내는 가끔 운전기사를 딸려 다른 직원 부인들과 함께 수크(상점가)에 쇼핑을 다녔다.

다른 부인들이 연상 네즐(에누리)을 해 달라고 졸라 댔다. 아내는 천성이 물건 살 때 가격을 에누리 할 줄 모른다. 상점 주인은 몇 사람이 같은 물건을 사는데도 물건값을 사람마다 다르게 받았다. 왜 내게만 덜 받느냐고 물었더니 "값을 깎아 달라는 말을 안했기 때문이라고" 대답하더란다. 손님마다 깎자는 말을 하는 게 어지간히 듣기 싫었던 모양이었다.

▪ 샌드로즈

'사우디아라비아' 하면 소금꽃 송이가 생각나곤 한다.

사우디에서는 금요일이 우리 일요일과 같다. 금요일이

되면 우리 근로자들도 일손을 놓고 페르샤만의 선셋 비치로 수영하러 가거나 사막으로 소금꽃을 캐러 가곤 했다. 삽으로 위에 있는 모래를 몇 미터씩 거두어 내다 보면 단단한 바위 같은 소금 덩어리를 만나게 된다. 때로는 가로×세로가 1미터나 되는 큰 것도 있다. 염분이 모래 속에서 긴 세월을 거치며 응축되어 돌덩어리처럼 굳어진 것을 캐내어서 모래를 털어내면 영락없는 장미꽃같이 생겼다. 수십 개의 소금꽃이 피어 있는 소금 결정체는 옥을 깎아 만든 조각품처럼 정교하다. 모래 속에서 피어난 꽃이므로 샌드로즈(sand rose)라 불렀다. 사막에서의 태양 빛은 눈을 멀게 할 정도로 강렬하다. 모래밭에서 뿜어져 나오는 열기로 몸이 녹초가 되어도 근로자들은 캐낸 소금 꽃이 픽업 트럭에 가득 채워져야 숙소로 돌아온다.

사막의 더위가 한풀 꺾인 저녁에는 샌드로즈 경연대회가 열렸다. 누가 캔 것이 제일 큰지, 가장 아름다운지, 그리고 한국에 가져가기 알맞은지를 평가하며 이슬람 문화권에서 겪는 단조로움과 외로움을 달래 보곤 했다. 사막의 소금꽃은 귀국자들의 선물 품목 일위를 차지할 만큼 명물이었으나, 이내 수출이 금지되고 만다.

나를 따르는 근로자들이 가끔 샌드로즈를 갖다 주곤 해서 우리 숙소에는 자그마하고 예쁜 샌드로즈로 실내 장식을 하

겪어 봤어?

곤 하였다. 하루는 한 근로자가 샌드로즈를 가져오더니 주머니에서 누런 돌멩이를 끄집어내 놓았다. 무엇이냐고 했더니 다이아몬드라고. 새벽 햇살이 비칠 때 사막에 나가면 가끔 반짝거리는 게 눈에 띄는데 그게 바로 다이아몬드라고. 제단에는 귀한 걸 가져다 주었으므로 나도 잘 보관해 두었다가 귀국 보따리에 쌌다.

보석상에 가서 감정을 받았더니 다이아몬드는 맞지만 순도가 P20급 이하라서 반지에는 못 쓰고 묵주 같은 데 엮으면 괜찮을 거라고. 나는 그걸 다듬어서 주사위를 만들어 달라고 주문했다. 경도가 제법 높아 상당한 비용을 들여서 주사위를 만들었다. 설날 자랑 삼아 주사위 게임을 몇 번 했는데 지금은 어디 있는지 못 찾겠다.

■ 페르샤 만에서 알몸 수영을

알코바 시내 수크(시장-Souk)에는 고급 양품점과 토속품점이 나누어져 있어 여기저기 두리번거리며 쇼핑하는 재미가 쏠쏠하였다. 하지만 수크에 갈 때는 반드시 보호자와 동행해야 한다.

그 무렵에 보호자 없이 쇼핑 갔던 어느 한국계 회사 직원의 아내가 괴한에게 납치되어 사막에서 강간당하고 모래에 파묻힌 사건이 있었다. 현장의 직원 사택 가족 중에 예쁜 부인을 둔 옆집 가장은 현관문을 잠근 열쇠를 지니고 출근하기도 했다. 스트레스를 해소할 만한 어떤 오락 시설도 없는 사막에서의 생활은 끔찍한 일을 일으킬 수 있었다. 따라서 한동안 여자들은 밖의 출입을 못 하는 신세가 되었다.

알베르 카뮈의 『이방인』에서 뫼르소는 바닷가의 강렬한 햇빛 때문에 살인했다고 고백했다. 그 글을 떠올리며 철저하게 부인을 보호하려는 조금은 이상했던 그 가장의 심정을 이해했다.

공사장 앞쪽으로는 해변, 뒤편으로는 황량한 사막이 끝없이 펼쳐져 있을 뿐, 담소를 나눌 수 있는 카페, 서점이나 음식점도 극장도 있을 리 없는 황무지가 바로 공사 현장 주변이었다. 휴일이면 남자의 보호하에 공사 현장 앞을 가로지르는 선셋 비치(Sunset Beach) 로드를 달려 수영하러 가는 것이 유일한 낙이었다. 여자들은 파라솔 아래 앉아서 직원들과 아이들이 수영하는 모습을 지켜보거나 철썩거리는 파도에 발목을 담그면서 바닷바람을 쐬는 걸로 만족해야 했다.

어느 휴일 저녁 아이들이 일찍 잠들었기에 아내를 태우고 선셋 비치로 차를 몰았다. 밤바다는 달빛만 일렁일 뿐 아무

겪어 봤어?

인적도 없었다. 아내는 그냥 드라이브 가는 줄만 알고 입던 옷 그대로 따라 나왔으니 수영복이 있을 리 없었다.

"우리 수영하자!" 바닷물을 첨벙대며 원초적인 자유를 만끽하고 있는 중, 어디선가 호루라기 소리가 들리기에 바라보니 군인 같은 차림의 낯선 사람 둘이 총을 메고 내려왔다. 순간 오만가지 생각이 떠올랐다.

천만, 천만다행이 나타난 사람들은 해안 경찰(Coast guard)이었다.

"당장 나오시오!"라고 그들이 소리쳤다. 나는 경찰 앞으로 다가갔다. 경찰이 알몸인 나를 보더니 남은 사람도 나오라고 하였다. 나는 길 건너 저쪽 알코바 주택공사 현장에 근무하는 직원으로 부부라고 말하고 아내도 수영복을 입지 않아서 나올 수가 없다고 말했더니, 내 말을 알아들었는지 돌아서 있을 테니 얼른 옷을 입고 떠나라고 하였다.

야간에는 술 등 금수품 밀수입을 감시하는 경비가 삼엄해서 해안이 통행금지 지역이었던 걸 몰랐다, 위험천만한 짓이었다. 야간 통행금지가 바다에도 있었다니...!

우리가 차에 타고 떠나는 걸 확인하고 나서야 해안 경찰도 출발하였다. 페르샤만에서 달빛 목욕을 하던 황홀한 낭만은 호루라기 소리에 놀라 바다에 수장되고 말았다.

■ "어이쿠, 이제 죽는구나"

가족이 귀국하고 나서 혼자 인도인이 운영하는 오래된 큰 상점에 갔다. 인디안 상점에 가면 일반 상점에는 드문 물건들로 구색을 갖추어서 없는 게 없다. 안면 있는 매니저가 슬쩍 다가오더니, 위스키를 사겠냐고 물었다. 두 병만 달라고 하자 두 병은 안 된다며 박스로 사라고 하였다. 나는 얼결에 두 박스라고 했고, 그는 자동차 키를 달라고 했다. 조금 있다 키를 돌려주며 차에 실어 놨다고 하였다.

현장으로 돌아오는 길에 교차로 앞에 정차했다가 신호를 받고 출발하려는 순간 좌측에 있는 경찰차가 손짓을 하며 정지 신호를 보냈다. 나는 "어이쿠 이제 죽는구나" 하며 차를 세웠더니, 경찰차는 바로 내 앞에서 우회전하여 우측 공항 길로 빠져나갔다. 양주 박스를 직원에게 내어 주니 직원이 너무 많으니 토목, 전기, 기계 공구에도 좀 팔아 보자고 했다.

"얼마나 받을까요?" 하는 물음에 나는 "십 년 감수했으니 5배만 받아"라고 말해 버렸다.

순식간에 엄청난 돈을 벌게 되자 핸드오버팀에 참여한 공구 직원들을 시내 고급 호텔에 있는 뷔페 식당에 데리고 가서 신나게 먹었다.

겪어 봤어?

■ SAFEWAY 슈퍼마켓에서

넓고 시원한 그곳은 휴일(금요일)이면 현지인 가족들이 잘 오는 곳이다. 우리 식구들도 그곳을 좋아해서 가족이 귀국한 후에도 가끔 들렀다. 하루는 부티 나는 현지인이 4명이나 되는 부인들을 거느리고 왔다. 얼핏 보니 첫째 부인은 30대 후반쯤 되어 보였고 막내 부인은 20대 초반쯤 되어 보였다. 막내는 호기심이 많고 장난기 있는 우리네 여학생 같았다. 문득 손바닥을 보니 아름다운 보라색 문신이 꽉 차게 새겨져 있었다. 내 눈길을 의식한 그녀는 연신 손바닥을 보여 주곤 하였다.

다음 휴일에 슈퍼마켓에 갔다가 그녀 일행을 또 만났다. 그녀는 나를 알아보고 계속해서 손을 펴서 문신을 자랑하였다. 들은 얘기로 여자는 결혼한 표시로 손바닥에 문신을 새기는데 아무에게나 보여 주는 게 아니라고 했다. 그러나 그녀는 손바닥을 더 자세히 보여 주려고 내 옆을 슬쩍 지나치기도 하였다. 히잡을 썼는데, 나이 든 여자는 얼굴이 전혀 안 보일 정도의 검고 짙은 망사를 얼굴에 걸치지만 젊은 여자일수록 속이 훤히 들여다보이는 망사를 걸친다. 그녀의 망사는 투명하였으며 안에서 보이는 눈동자는 사람을 빨아들이는 무엇이 있었다. 날이 가며 자주 만나다 보니 그녀는 진열장을 이리저리 돌아다니는 척하면서 나와 비비듯이 스치고 지나가기도 하였다.

겪어 봤어?

내가 본 사우디

사우디에는 아랍인 우선법이란 게 있었나 보다.

그 시절에는 오일머니 덕택에 사우디 사람들이 우쭐해 있을 때였다. 공항에는 다른 나라와 마찬가지로 외국인과 내국인의 출입구 수속 창구가 따로 있었다. 내국인 창구는 늘 한가하였으나, 외국인 창구는 우리 근로자들이 한 시간이나 줄을 서서 차례를 기다려야 했다. 그런데 사우디 사람이 아닌 다른 아랍계 외국인이 새치기하여 외국인 창구에 여권을 내밀면 즉시 통과된다. 가난한 나라의 서러움을 공항에서부터 맛보았다.

최근에는 많이 변했다고 들었다. 전에는 가난한 나라에서 돈 벌러 왔다고 비하했으나, 근래에는 외국 사람들이 자기네를 도와주려고 온다고 생각한단다. 가장 큰 이유는 석유가 고갈되기 전에 자기네 나라가 석유 없이도 생존할 준비를 해 준다고 여기는 추세이다.

아랍인들은 '칸두라(숍, 갈라비아)'라고 하는 흰색 천으로 만든 어깨부터 발목까지 뒤집어쓰는 자루같이 생긴 옷을 입고 다녔는데, 신용카드를 잘 사용하지 않고 칸두라 주머니에 우리 돈 5만 원짜리 지폐 한 다발을 넣고 다녔다. 서구식 홍차에 설탕을 듬뿍 넣어 마시는데, 사무실에 찾아가면 몇 번이고 계속 따라 주며 권한다. 그네들은 한국인을 좋아하며 친해지면 그들이 지니고 있는 물건이 참 좋다고 세 번 이상 말하면 선뜻 내주려고 한다.

부자는 네 명까지 부인을 거느려도 돈이 없으면 평생 장가도 못 간다. 왕국(王國)에서는 우리 건설기업들이 주로 정부가 주관하는 공사를 수주하므로 부유한 나라로 여기지만, 왕족이 아닌 평민들은 장사를 하거나, 외국 건설기업에 종사하는 일용직도 있고, 택시 운전사도 있고 물론 생활이 어려운 사람들도 있다. 다만 일용할 밀가루를 무상으로 배급해 주므로 걸인이 안 보일 뿐이다. 예를 들어, 그네들의 주식인 속칭 걸레빵(Aysh, 피자만 한 속이 빈 빵)은 대부분의 중동 국가에서 밀가루를 배정받아 굽는 비용만 받는다.

여성은 전에는 자동차 운전을 할 수 없었으나 이제는 여성 사업가도 활동한다. 근래 번화가에는 피자헛, KFC, 스타벅스 등이 성업하고 있으며, 새까만 옷(아바야)을 입은 여성들이 패스트푸드점을 들락거리는 모습을 볼 수 있다. 유대인 기업이라고 금지되었던 코카콜라도 슈퍼마켓에 진열되어 있단다. 그네들도 연말에 집안에 크리스마스 트리를 장식하는 집도 있다. 특히 한국인 여성 간호사와 운동 코치도 꽤 많이 들어와 있다.

　이즘 들려오는 소식에 의하면 한동안 발전소와 담수처리장 등 완만하게 기간 산업만 발주해 왔던 사우디가, 장차 유전이 고갈된 후에 자급자족 하는 나라로 생존하기 위해 관광, 스포츠, 레저산업, 유화학, 생산 공장과 금융기업의 유치 등 전 방향으로 국가를 발전시킬 준비를 하기 시작하였다고 한다. '네옴 시티'같이 규모가 엄청난 스마트 시티의 건설도 현재 진행 중이다. 이런 기회를 적극 활용하여 우리나라가 큰 몫을 담당할 수 있기 바란다.

3부

전쟁의 땅 이라크

바그다드 하이파 스트리트 개발 공사 1년 (1982 ~1983)

바이지 북부 철도 건축 공사 3년 (1985~1988)

▌ 바그다드 하이파 스트리트 개발 공사

일주일 사이에 벌어진
대형 사고 3건

1982년 초여름 사우디에서 귀국한 지 2개월 남짓하여 이라크 바그다드의 중심가인 하이파 스트리트 개발 공사의 현장을 총괄하는 기술부장으로 부임한다. 서울의 종로쯤 되는 번화가의 도로 양쪽에 있던 기존 건물들을 철거하고 12층짜리 주상복합 아파트 빌딩을 건축하는 공사이다.

이라크에 부임하자 내가 병에 걸렸다. 일주일 내내 설사를 했다. 주방에서 팔뚝만 한 도마뱀을 잡아 푹 고아 주었는데 내키지는 않았으나 그 탕을 마시고는 효험이 있었는지 일주일 만에 설사가 가라앉았다. 또 있었다. 현장을 돌아보는 동안 눈에 보이지 않는 하루살이 같은 벌레에 쏘인 곳이 10여 군데씩 짓무르기 시작했는데, 쏘인 곳이 채 아물기도 전에 또 쏘이고. 조간 회의에 참석한 직원들이 보고는 걱정을 하였다. 그간 중동 지역에 세 번째나 나왔지만 웬걸 수토불복(水土不服) 때문인지 이해가 안 갔다. 나도 고민이 되어 조기 귀국까지 생각지 않을 수 었었다. 거의 달포가 지난 다음부터는 더 이상 쏘이지 않았다. 지금도 두 팔뚝에는 그때 쏘인 벌레 자국이 흰 점으로 남아 있다.

다음은 불과 일주일 사이에 몰아 터진 대형 사고에 관한 얘기다. 사고 자체도 끔찍하고 사상자에는 죄송스럽지만, 사고를 일으킨 당 현장이야말로 얼마나 당황하고 정신이 없었을지 상상해 보라. 궂은 일은 몰려 닥친다는 말이 있듯이 그런 사고가 발생할수록 정신을 바짝 차리고 수습해야 한다는 걸 배웠다.

■ 첫째 사고

하이파 스트리트의 서측에는 영국대사관으로 들어가는 진입도로가 있었다. 그곳이 아파트 건물을 배치할 자리였는데 기존 하수관이 영국대사관의 진입도로를 횡단하고 있었으므로 하수관을 밖으로 이설하는 작업 중이었다.

도로 옆에 우회도로를 마련해 주고 포크레인으로 도로를 파내다가 영국대사관으로 들어가는 통신선을 끊어 버렸다. 지하 매설물이 표시된 도면에 없는 것이었으나 책임을 회피할 수는 없었다. 우리나라보다 후진적인 국가에 지하 매설

지도가 부실한 것은 드문 일이 아니었다. 곧이어 영사와 경비들 그리고 이라크 경찰에서도 달려 나오고 난리가 났다. 대사관의 통신선 절단이란 국가 간의 심각한 문제이다. 현장에서는 지체 없이 우선 임시가공선으로 통신선을 살려 놓고 본선의 수리 작업은 나중에 별도로 하기로 하였다.

■ 둘째 사고

이 사고는 공교롭게도 같은 날 발생하였다. 하이파 스트리트 양쪽의 약 1km 구간이 공사 구간이다. 작업장 확보를 위해 인도의 외측 경계석을 따라서 펜스를 쳤더니, 도로 폭이 좁아져서 경찰서에서 메인 도로 구간을 일방통행으로 변경해 주었다.

그러나 공사용 장비들은 작업 통로가 비좁으므로 위법인 줄 알면서도 도로를 역주행하는 경우가 간혹 있었다. 대형 페이로더가 바가지를 든 채 일방통행로를 거슬러 올라가다 달려오는 2층 버스를 들이받았다. 바가지의 삽날에 2층에 탄 군인과 아래층에 탄 여자가 중상을 입고 말았다.

■ 셋째 사고

아파트 골조의 벽체는 공사 기간 단축을 위해 프리캐스트 콘크리트 패널을 조립하는 구조였다. 현장이 협소하므로 콘크리트 패널은 도시 외곽지대에서 제작하여 트레일러로 반입하는 방식이었다. 트레일러 운행 도중에 패널을 묶은 줄을 점검하려고 운전기사가 잠시 내렸다가 바로 옆을 달리던 트럭에 부딪쳐서 즉사하고 말았다. 이게 모두 일주일 사이에 일어난 사고이다. 시내 공사 현장은 상시 위험에 노출되어 있어 어떤 의미에서는 전쟁터와 방불하다.

이 정도면 현장 책임자인 내가 감방에 들어가야 마땅한 사고였으나 무사하였다. 하긴 경찰서에 연행되자마자 상부 지시라면서 공사 현장으로 다시 태워다 주었다. 이 공사는 바그다드 시장의 중점사업이었고, 당시 그는 사담 후세인 대통령의 절대 신임을 받는 제2인자였다. 그는 이런저런 사고로 인해 현대건설에 맡긴 공사에 지장을 주고 싶지 않아서 사고를 직접 무마시킨 걸로 안다.

그는 이라크 남쪽에 있는 바스라 항구 일대에서 이란과 전쟁 중에 '마사다' 식 비탈길 조성 작전으로 대승한 적이 있는 장군이다.

사고는 그뿐만이 아니었다.

작업장이 비좁아서 그나마 넓은 터에 콘크리트 배칭플란트를 설치할 때 골재 야적용 격벽을 치고 그 뒤를 직원 주차장으로 사용하고 있었다. 두어 달 전에 시장이 현장을 방문하여 브리핑 중에 문제의 페이로더가 골재를 정리하다 실수로 자갈을 격벽 위로 넘겨 버려서 시장이 타고 온 벤츠 차 보닛에 쏟아부어 곰보가 났다.

현장소장의 간청에 따라 그는 "허허!" 웃으면서 벤츠 차를 놔두고 다른 차를 불러 타고 갔다. 그는 대범한 사람이었다.

이라크는 자동차 생산국이 아니므로 수입차에 의존해 왔는데, 특히 벤츠를 선호하는 사람들이 많아 도깨비시장에 가면 대리점 성격의 벤츠 수리 공장도 있었다. 현장에서는 수리 공장에 달려가서 신품 보닛으로 교체해 주었다.

우리나라 사람 같으면 어찌했을까?

참고 마사다 항전

주후 73년 유대와 로마 전쟁 시 이스라엘의 유대 사막 동쪽에 우뚝 솟은 거대한 바위 언덕에 있는 요새 '마사다'에서, 로마의 공격에 끝까지 항전하던 유대 저항군이 로마군의 비탈길 조성 작전으로 패배가 임박하자 포로가 되지 않으려고 전원이 자살한 것으로 유명하다.

겪어 봤어?

터미널 러그

국내가 아닌 타국에서 공사를 하노라면 별것 아닌 일에도 해결 방안이 얼핏 떠오르지 않아서 당황하는 일도 생긴다. 그래서 어떤 예기치 않은 일이 발생하면 반드시 중지를 모아야 한다.

터미널 러그(Terminal lug)란 누구나 실물을 보면 알겠지만 설명하기는 쉽지 않다. 우리말로 하면 압착식 단자 (connector)라고 하면 될지. 하여튼 전선의 단부를 기기에 고정할 때 예전처럼 전선을 꼬아서 나사못으로 고정하는 대신 터미널 러그를 이용하는 시대가 되었다.

현장을 지나가는데 전기과장과 기사가 쭈그리고 앉아 열심히 뭔가 만지작거리고 있기에 물어보았다.

"지금 뭔 일을 하고 있어요?"

"아! 네, 터미널 러그가 없어서 대체 방법을 고심하는 중입니다." 자세히 알아보니 전선 케이블을 청구할 때 실수로 터미널 러그를 청구하지 않아 케이블은 들어왔으나 터미널 러그가 없어서 연결 작업을 못 하고 있다는 것이었다. 답답한 사람들이다. 이럴 때일수록 나는 아이디어가 잘 떠오른다.

첫째, 당장 공사는 진행해야 하니 우선 타 현장에 가서 조금 이체 받아서 쓰고,

둘째는 도깨비시장에 가서 찾아보라고. 이 나라는 B.S. 규격을 적용하는 나라니까 가 보면 제법 쓸 만한 수량이 있을 거라고.

셋째는 아직 청구하지 않아서 예산이 중복 투입되지는 않았을 테니 즉시 소요 수량을 영국 지점에 공수(空輸) 조건으로 청구하라고. 기술 직원이 급히 타 현장보다 가까운 거리에 있는 도깨비시장에 가 보니 상당량을 구할 수 있더라고 한다. 전기과에서는 당장 급한 물량은 현지 구매 조치했고, 나머지는 지점에 청구했더니 불과 일주일 만에 현장에 도착되었다.

겨우 라면 박스 한 상자분 갖고 고민했다니 웃어야 할지.

크랙 게이지

크랙 게이지(Crack Guage)란 콘크리트 면에 발생한 크랙 (실금)의 폭을 측정하여 크랙의 크기와 상태를 판별하는 목적으로 만든 포켓용 현미경이다.

참고로, 이라크 정부는 미리 전쟁에 대비한 듯하다.

사마라, 활루자 아파트 현장과 우리가 시공 중인 하이파 스트리트 개발 공사도 도로변의 보행자 보도(pedestrian)를 따라 지하 피난통로가 있을 뿐만 아니라, 아파트 지하에도 2만 파운드 폭격에 견딜 수 있는 화생방 방공호가 있다. 바그다드 시가지에는 스위스 컨설턴트에 의뢰하여 지하철 터널을 시공했는데, 터널 시공이 완료한 후에 지하철 철로 시공을 중단한 상태였다. 그 터널은 탱크나 트럭의 왕복이 가능하다.

바이지 시 근교에 현대건설이 시공한 비료 공장은 생산라인만 바꾸면 독가스 생산이 가능한 시설이다. 또 있다, 현대건설이 시공한 군용공항에 건립한 항공기 격납고는 경량 철재 구조가 아니고 지붕과 벽체가 모두 두께 1미터의 콘크리트 구조로 철근도 압접 용접하여 일체식으로 배근한 걸로 알고 있다.

하이파 스트리트 아파트를 건축할 때 지하 방공호의 콘크리트 벽체에 생긴 실금으로 인해 말들이 많았다. 하이파 스트리트 개축 공사는 시청 산하 직영 감독 체제였다.

나는 영국에서 크랙 게이지를 구입하여 발주처 감독관실로 찾아갔다. 현장 감독관(inspector)들이 참석하여 회의 비슷한 성격의 모임이 되자 내가 BSCP-110에 대한 설명을 하기 시작했다. 콘크리트 구조물이란 크랙이 발생할 수 있는 건 사실이나 크랙의 성격은 각기 다르다. 이에 CP-110에 의해 간단히 설명하자면 크렉의 폭이 0.3mm 이상이면 구조적인 크랙으로 간주하고 이에 맞는 조치를 해야 되나, 잔금의 폭이 0.3mm 이하인 경우는 헤어크랙(crazing)으로 판단하여 구조상 아무 문제가 없다고 본다는 것이다.

설명 후에 인스펙터들에게 크랙 게이지를 한 개씩 나눠주었더니 몹시 궁금한지 슬금슬금 공사 현장으로 빠져나가고 사무실이 텅 비었다. 주 감독관이 멋쩍은지 일어서면서 내게 하는 말이

"B.S. 갖고 장난치지 마!"

▎바이지 북부 철도 건축 공사

중동 지역의 공사 현장 상황은 언제 어디서 무슨 일이 터질지 모르기 때문에 항상 어느 정도의 긴장감이 필요하다. 많은 건설 현장이 산재하였고 사막의 열기처럼 현장 분위기도 이글거렸으므로 크고 작은 사건이 그칠 날이 없었다.

우여곡절 끝에 카타르국립대학 신축 공사가 마무리되어 가고 있었다. 현장에 나와 있는데 급한 연락이 왔다. 내게 전해진 소식은 이라크에서 근로자들의 시위가 발생했으니 수습을 위해, 그 현장은 수하 직원에게 인계하고 일단 귀국하여 대책을 협의하자는 것이었다. 교체소장으로 나가 달라는 것이었다. 나는 1982년에 바그다드에 부임하여 83년에 떠났다가 2년 만에 이라크 땅을 다시 밟게 된 것이다.

이라크행 비행기의 창 너머로 사막이 끝도 없이 내 뒤로 밀려갔다. 나는 좌석에 등을 기대고 앉아 생각에 잠긴다. 전쟁의 땅 이라크로 다시 가는 것이다.

어느 때부터인가 내게 '해결사(Trouble Shooter)'라는 별명이 따랐다.

근로자들의 시위

이라크에서 진행 중인 북부 철도 공사는 현대건설, 남광토건과 정우건설이 컨소시엄으로 수주한 공사였다. 신설 철도의 연장이 250km나 되므로 세 회사가 지분을 나누어 맡았다.

250km에 걸친 철도 공사와 신호 통신 공사는 현대건설의 토목사업부와 전기사업부가 주관하였다. 티그리스강의 교량과 키르쿡(Kirkuk) 역사 및 부속 주택은 남광토건과 정우건설이 맡았다.

내가 맡은 공사는 건축 공사로, 바이지(Baiji)시에 주 역사와 화물 하차장, 그리고 각각 넓이가 만㎡나 되는 4개 동의 공작창(기관차, 객차, 화물차와 특장차)이 있다.

바이지 역사 앞에는 역무원 주택 120채도 신축해야 했다. 또 바이지시로부터 서쪽 40km에 있는 와디, 그리고 170km에 위치한 하디다에도 역사와 역무원 주택을 신축하던 중이었다. 그리고 매 20km마다 간이역도 지어야 하는 방대한 규모였다. 이런 공사가 노사 간의 문제로 틀어지게 된다면 분명 우리 회사는 막대한 손실을 입게 될 것이 뻔했다.

겪어 봤어?

공사 감독은 철도청 소속의 R.E.(Resident Engineer)가 중극인 인스펙터(Inspector)를 거느리고 직접 했고, 감리회사는 독일의 철도 기술회사(DEC - Deuch Eisen Bahn)였다. 바이지 현장에 도착해서 내가 먼저 한 일은 상황이 어떻게 돌아가고 있는지 파악하는 일이었다.

사태의 경위는 이러했다. 시위의 시작은 미장반이었다. 주 역사의 부대공사인 120채의 주택 천장에는 회반죽 미장을 발랐다. 그런데 이것이 갈라지고 떨어지기 시작하자 전임 소장이 근로자들에게 약속했던 능률급을 주지 않겠다고 하였다. 이에 반발한 미장반이 시위를 일으키게 된 것이다. 이럴 때일수록 현장 책임자의 판단과 결심은 아주 중요하다. 아직 젖어 있는 상태인 콘크리트 슬라브 지붕 바닥 아랫면에 회반죽을 바른 것은 시기상조였으므로 미장반의 잘못이 아니라는 판단이 섰다. 상황을 파악한 나는 능률급을 지불하기로 결심한다. 소요는 바로 소강상태에 접어들었고 작업도 재개되었다.

감리단장의 전폭적인 비호

나는 독일 DEC 감리단장에게 인사하러 갔다. 사무실에서 도면을 보고 있던 미세스 오일러(Mrs. Euler) 단장이 기다렸다는 듯이 나를 맞아 웃으며 인사한다.

"반갑습니다. 이번에 새로 오셨군요." 감리단장은 지적인 미모가 돋보이는 여성이었다. 나는 교체소장으로 부임하였기 때문에 그녀에게 어떻게든 일을 원만하게 해결할 수 있다는 인상을 주어야만 했다. 나는 웃으면서 인사를 마주 건넸다. 그녀는 의자를 내주고 커피를 잔에 가득 부어 주었다.

"이미 아시겠지만, 상황이 좀 난감해요." 오일러 감리 단장은 시원스러운 성격의 소유자였다. 그녀는 내 눈치를 잠시 살피는 듯하더니 곧 주택 천장의 갈라진 회반죽 마감 문제를 끄집어낸다. 천장을 미장한 지 얼마 되지도 않았는데 갈라져서 곤란하다는 내용이었다. 나는 우선 현장을 봤으면 좋겠다고 말했다. 사실은 이미 다 둘러보았다. 그녀는 나를 현장으로 안내했다. 단장의 말은 크게 다르지 않았다. 현장에서 둘러본 천장은 대부분 갈라져 있거나 때로는 바나나처럼 쩍 벌어져 처진 곳도 있었다. 단장의 찌푸려진 미간이 그

겪어 봤어?

녀가 지금 겪고 있는 곤란함을 고스란히 보여 주는 듯했다. 나는 그녀를 바라보며 말했다.

"천장에 미장한 걸 모두 털어 내고 재시공할게요." 그 말을 들은 단장은 놀란 표정을 감추지 못한 채 나를 바라본다. 믿기지 않는다는 표정이었다. 나는 싱긋 웃으며 덧붙였다.

"그 대신, 이번에는 회반죽이 아닌 시멘트 몰탈(Mortar)로 미장하겠어요." 단장 입장에서는 회반죽이냐 시멘트냐는 큰 문제가 아니었으리라. 그녀는 어리둥절한 표정을 짓더니 이내 살아났다는 표정으로 환한 웃음을 지었다.

골치를 썩이던 천장과 미장반의 소요 사태가 이렇게 간단히 해결될 줄은 상상도 못 했다는 인상이었다. 오일러 단장과 나는 그날부터 급속히 가까워졌다. 우리는 매일 아침 단장 사무실에서 커피 타임을 가지며 그날그날의 작업 일정을 협의한다. 공사에 관한 중요 사항은 우리 두 사람이 대부분 처리했다.

신뢰감이 쌓이는 속도는 빨랐다. 대화에 미소가 섞이는 만큼 공사의 진척도 순탄하고 빨라졌다.

철도역 하차장 사무실 벽을 헐다

하루는 단장이 화물 하차장에 같이 가지 않겠냐고 묻기에 따라나섰다. 현장에 도착하자 단장은 나를 10cm 두께로 세워진 시멘트 블록벽 앞으로 안내했다. 하차장의 벽체는 높이가 4.5m였다. 단장이 난감한 표정으로 이렇게 말했다.

"사실 이건 저희 DEC 측의 설계 착오예요, 어떻게 좀 할 수 없을까요?" 나는 변경된 설계도를 주면 재시공하겠다고 말했다. 이 말에 단장이 내 팔을 잡았다. 새로운 설계도를 달라는 나의 말에 단장이 몸을 낮추고 속삭였다

"설계 변경 없이 도와줄 수는 없나요?" 사실 벽체 길이도 20m밖에 되지 않았기 때문에 재시공의 범위가 그리 대단치 않았다. 설계 변경은 훗날 공사 기간과 공사비 보상 클레임의 빌미가 된다. 또한 이라크 철도청 측의 신용을 잃게 되어 난처하므로 이걸 꺼리고 있음을 알아챘다. 나는 잠시 생각하다가 벽을 철거하고 철근으로 보강하여 재시공하겠다고 흔쾌히 대답했다. 단장은 매우 기뻐하며 내 손을 덥석 잡았다. 호의는 빠르게 큰 보답이 되어 되돌아왔다.

다음 날 단장 사무실에 커피를 마시러 가자 단장이 나를

겪어 봤어?

반기며 말했다.

"혹시 제 도움이 필요한 일이 있다면, 망설이지 말고 말해 줘요. 그동안 Mr. Choi가 도와주신 게 얼마인데 그냥 넘어갈 수는 없지요." 듣던 중 반가운 말이었다.

나는 잠시 망설이다가 전에 부임하던 첫날 천장의 회반죽 미장을 털어 버리겠다고 말한 배경에 대해서 단숨에 설명했다.

"콘크리트에는 경화 작용에 필요한 결합수(結合水) 외에도 잉여수(剩餘水)가 있다. 15cm 두께의 지붕 바닥 콘크리트 속의 잉여 수분이 완전히 마르려면 간단히 말해 하루에 상하 1mm씩 건조된다면 75일 정도는 걸린다. 덥고 건조한 이라크의 기후를 감안해도 2개월은 걸릴 거다. 알다시피 역원 사택 공사는 철도청의 요구로 공사 기간을 늦출 수 없는 상황이다. DEC가 설계한 회반죽은 분명 독일 기후에는 적합하겠지만 열대성 건조 기후인 이라크에서는 문제가 될 수밖에 없다. 천장의 콘크리트 슬라브가 젖어 있는 상태에서 회반죽을 바르면 콘크리트 속에 남아 있는 잉여수가 아래로 내려오므로 슬리브 아랫면이 젖어 있을 수밖에 없다. 아랫면이 젖어 있는 상태에서 자연 건조를 기다릴 새 없이 회반죽 미장을 하면 회반죽이 물에 녹아서 굳지 않는다. 게다가 뜨겁고 건조한 외기에 의해 표면이 마르니 회반죽 미장은 굳기도 전에 갈라져 떨어질 수밖에 없는 것이다. 내가 시멘트 몰탈(Mortar)로 하겠다고 한 것은 시멘트가 수경성(水硬性)이기 때문이다. 천장이 젖어도 경화에는 문제가 없다." 단장은 입을 작게 벌리고 내 말에 귀를 기울였다. 미처 생각하지 못했다는 표정이었다. 나는 숨을 고르고 나서 이어서 말했다.

"내가 그 문제를 지적하면 미장 공사의 장기 양생을 위한 공기 연장과 손해배상 등의 클레임이 될 수 있다. 이는 철도청, 감리단과 현대건설 간의 분쟁을 야기하게 되므로 피하고 싶었다. 따라서 이를 처음에 거론하지 않은 이유는 무엇보다 감리단장과 협력하고 싶어서였다. 그래서 나는 재시공을 하겠다고 말한 것이다. 그 대신 다른 방법으로 현대건설을 도와주기 바란다."

오일러 단장이 미소를 띠면서 내게로 오더니 뺨에 입을 맞추었다. 단장을 내 편으로 만든 순간이었다. 그 뒤로 대부분의 공사는 단장의 전폭적인 비호 아래 진행되었다.

.

자랑할 만한 일은 아니지만, 당시 나는 승용차 2대를 사용하고 있었다. 한대는 네 바퀴 굴림인 닛산 SUV로 비포장 상태인 현장에서 주로 사용했다. 일반 승용차는 모래사막에 빠지면 못 나오기 때문이다. 다른 한 대는 시보레 카프리스 대형 세단으로 230km나 떨어져 있는 바그다드 철도청의 월

례 회의에 나갈 때 타는 차다. 대규모 공사를 맡은 '무디르'의 품위 유지용이기도 하지만, 아랍인들은 그런 무디르를 존경한다.

당일에 왕복하려면 시속 180km 이상으로 달려야 하루를 벌 수 있었다. 물론 운전기사의 솜씨이지만 그만큼 안전한 차였다. 오일러 단장은 어찌해서든지 당일에 돌아와야 하므로 내 차에 동승하곤 하였다. 우리네 생각으로는 오해받기 딱 알맞으나 서구인들은 그런 건 신경 쓰지 않는다.

많은 일들이 인간관계를 어떻게 쌓느냐에 따라 쉽사리 풀리고는 한다. 중동에서의 오랜 생활은 내게 그런 교훈을 안겨 주었다. 단장은 나의 일이라면 두 팔을 걷어붙이고 도왔고, 결국에는 지나치게 도우려다가 현장에서 쫓겨나고 만다.

참고 무디르

무디르는 예전에 사막을 가로질러 낙타 대열을 이끌던 베드윈족 대상의 족장을 가리키는 말로 동서남북을 가릴 수 없는 사막 벌판에서 대열을 인도하거나 낯선 대상을 만나면 적으로 간주하여 섬멸시키는 지혜, 용맹과 잔인성을 일반인들이 숭배하는 함축적인 표현으로 쓰인다. 따라서 대단위의 인원을 통솔하는 건설 현장의 소장을 단순한 경외감에서 무디르라고 부르기도 한다.

유프라데스강 철교에서

독일 감리단의 시니어 감리관은 무슨 일이 생기면 담당 공구장과 협의하지 않고 나만 찾는 버릇이 있다. 필경 내가 오일러 단장과 친밀한 관계라서 이에 대한 반발심에서였는 지도 모른다.

한번은 170km 떨어진 하디다 현장에 같이 나가게 되었다. 현장을 돌아본 다음 유프라데스강에 새로 설치 중인 철교를 건너 보는 중이었다. 예의 신랄한 잔소리가 나오기 시작했는데 정말 듣기가 싫었다. 듣다 듣다 못해 내가 한마디 내뱉었다.

"너 자꾸 나를 못살게 굴면 내가 여기서 뛰어내리겠다." 그가 머쓱해하더니 왔던 방향으로 혼자 건너가 버린다. 저녁에 감리관이 양주 한 병을 들고 내 숙소로 찾아왔다.

"Mr. Choi, 내 말 좀 들어 봐. 우리가 회사에 근무할 때는 단순히 봉급 받는 만큼 일하는 거야. 따라서 더 잘하고 싶으면 봉급의 110%만 더 봉사하면 된다고 생각해. 그러니까 회사 일에 열심인 건 상관없지만, 생명을 걸 이유는 없는 거야. 네가 아까 유프라데스강 철교에서 뛰어내리겠다고 말했을 때 나는 이해가 가지 않아서 정말 놀랬다. 나는 네 생명에 관해서는 아무런 책임도 없다는 걸 알아주길 바란다." 그날 이후 그는 잔소리를 자제하였다.

맞는 얘기였다. 그게 계기가 되어 나도 직업상 프로 정신은 갖되 생명까지 내걸 이유는 못 된다는 걸 깨달았다.

커브 스톤

바이지 역사로 들어가는 진입도로의 커브스톤(Curve ston)
은 건축 소관 공사다.

역사를 건축하면서 일찌감치 커브스톤도 설치를 끝냈다.
그런데 커브스톤의 건축 설계 도면이 토목 설계 도면과 차
이가 나서 문제가 생긴다.

토목 감리단장 미스터 오일러(Mrs. Euler의 남편)은 이를
양해하고 토목 설계도를 기시공된 건축 설계 도면에 맞춰
수정하기로 하였다. 그러나 같은 DEC 소속으로 이라크 철
도청의 프로젝트 엔지니어 책임을 맡고 있는 친구가 막무가
내였다. 철도청에 제출된 토목 도면이 원본이므로 절대로
수정할 수 없다는 주장이었다.

이 일로 인해 미세스 오일러 건축 감리단장이 크게 다투
다가 마침내 해고되고 만다. 이에 미스터 오일러 토목 감리
단장도 사임하고 함께 현장을 떠나 귀국하기에 이른다. 이
는 얼마나 오일러 단장이 내게 진정성을 갖고 있었나를 대
변하고 있다.

겪어 봤어?

비정한 현장 책임자

■ 익사 사고

현장에서 2건의 안전사고를 수습한 얘기이다. 오후 낮잠 시간에 안전관리 직원이 숙소의 내 방문을 두드렸다. 근로자 몇이 현장 바로 옆에 있는 티그리스강으로 수영하러 나갔는데 한 근로자가 뛰어들더니 떠오르지 않더라는 것이었다.

익사자를 못 찾으면 유가족에 대한 면목이 없어지므로 어찌해서든지 찾아내야 한다. 나는 모터보드를 수배시키고 황급히 티그리스강으로 달려 나갔다. 근로자가 뛰어든 자리에서 물살을 어림잡아 여기서부터 아래쪽 50m까지 수색하자고 말하였다. 그러나 함께 달려온 근로자들이 머뭇거리면서 아무도 옷을 벗지 않는다. 할 수 없이 내가 먼저 옷을 벗고 강으로 들어갔다. 그제야 근로자들도 따라 들어왔다.

"으악! 여기 있다." 다행히 익사체는 떠내려가지 않고 뛰어들었던 장소 바닥 근처에 움푹 패인 웅덩이의 수초에 걸려 있었다.

■ 트레일러 추돌 사고

바그다드에서 우리 현장이 있는 바이지시까지 연결된 도로는 고속도로가 아닌데도 평소에 시속 180km로 달리는 위험천만한 도로이다. 현지인들의 마구 달리는 습성은 못 말린다. 갑자기 관리부장이 찾아와서 차량 추돌 사고 보고를 했다. 앞서가는 트레일러를 우리 근로자가 포니픽업을 몰고 따라가다가 트레일러가 멈추는 바람에 트레일러의 적재판 아래로 들어갔다는 것이다. 그가 본 대로 운전석 바닥에 떨어진 머리를 설명하다가 '욱' 하고 토하는 것이었다. 현장 책임자는 어떤 일을 당해도 당황하거나, 눈물이나 흘리고 넋이 나간 모습을 보여서는 안 된다. 사망자를 두고 이런 냉정한 조치를 한 나는 참으로 비정한 사람이다.

긴급 회의를 열었다.
- 업무과 :
  사망 진단서와 여권은 언제까지 받을 수 있느냐?
  냉동관을 즉시 수배할 것.
  제일 빠른 항공편을 예약할 것.
- 총무과 :
  공상 사고가 아니니 유족에게 알리는 본사 보고는 6하

원칙에 따라 간단히 할 것.

관리부장은 새마을 회관에 빈소를 차리고 음식을 충분히 제공할 것.

밤샘 동료가 있으면 출면으로 처리할 것.

- 공구장 :

발주처에도 간단히 보고할 것.

애도 기간 동안 담당 공구장은 근로자들이 동요하지 않도록 하고 정상 작업을 유도할 것.

설비 창고 화재

어느 몹시 덥고 건조하던 날 설비 창고에 화재가 발생하여 창고건물과 그 안에 있던 보온재 등의 잡자재가 전소되었다. 선적 서류와 재고 현황 중심으로 피해액을 산정하여 현지 화재보험사에 제출하였다.

한편 공사에 필수적인 자재 리스트를 만들고 타 현장에 있는 재고를 조사하였다. 보험 청구액은 30만 불이나 되었지만, 타 현장에서 감가 상각하여 이체받는 자재 가액은 10만 불 정도였다.

나는 전화국까지(이란과 전쟁 중이라 일반 전화는 불통) 달려가서 본사의 본부장에게 보고한다. 현장의 설비 창고에 화재 사고가 났는데 좋은 일도 약간 있다. 필수 자재는 마침 타 현장에 재고가 있기에 그걸 이체받아 사용하면 공사 수행에 지장은 없다. 타 현장에서도 필요한 자재는 우리 현장에서 먼저 빌려 쓴 다음 수입하여 갚아 주면 공기에 지장이 없다. 발주처와 감리회사도 이해하고 있으므로 대외적인 문제는 없다. 약 30만 불을 보험 회사로부터 보상받을 예정이나, 실제로 공사에 필요한 예산은 10만 불 정도이므로 약 20만 불이 절감되겠다. 본부장은 이에 약식으로 간단히 보고할 것에 동의하였다. 현장에서 발생하는 사고의 처리는 제대로 하되, 본사에는 긍정적으로 보고해서 안심시켜야 한다.

참고로, 내가 처음 현장에 부임했을 때 근로자들의 시위에 관해서 본사에 보낸 텔렉스 보고서를 읽어 보니, "자재 창고는 대파되었고, 오늘도 작업은 중단 상태입니다" 이걸 보고서라고 썼나?

내가 보낸 보고서의 내용은, "미장반을 제외한 다른 작업반들과 태국 근로자들은 작업에 참여했다. 미장반원들을 한 장소에 집합시키고 교육 중이며, 주모자가 색출되는 대로 귀국시킬 예정이다. 다음 주까지는 모든 게 정상화될 듯하다."

직원을 자빠트리다

당시 중국에서는 철도사업의 경험을 쌓기 위하여 철도부장(장관급)의 인솔하에 150명이 넘는 중국 기술자들을 이라크에 파견하였다. 이들은 독일 컨설턴트의 상위 기관인 철도청에 소속된 현장 검사원(Inspector)으로 근무하게 되었다. 이런 체험을 활용하여 오늘날 중국의 철도 공사가 성장 일로에 오르게 되었다.

철도청 소속의 감독관(R.E.-Residant Engineer)은 이라크 여자인데 중국인 검사원을 지휘하는 위치에 있었다. 그러나 중국인 검사원들은 실력이 부족하여 그저 도면을 보고 바닥에 배근한 철근 수효나 세는 정도였다. 이라크 감독관은 한술 더 떠서 무척 까다로웠다. 그녀의 관심은 철근의 배근 간격이었으므로 어쩌다 200mm 간격이 205mm가 되면 결속선을 풀어서 다시 묶어야 하므로 콘크리트 타설을 시작할 수 없다. 매일 아침 7시부터 콘크리트 배치플란트(Batch plant)에서 콘크리트를 비비기 시작하여 45분이 경과되면 콘크리트의 경화 작용 때문에 못 쓰게 된다. 감독관이 현장에서 철근 배근을 수정시키는 동안 시간이 지연되어 콘크리트를 내다 버린 일이 생겼다.

그게 윗층 천장 슬라브도 아니고 단층 공작창 건물의 바닥 콘크리트이니 지나치다는 생각이 들었다. 나는 감독관을 단단히 혼내 주기로 작정한다. 먼저 현장의 담당 기사에게 양해를 구했다. 아침에 현장에 나가봐서 R.E.가 버릇처럼 작업을 지연시키는 게 눈에 띄면 내가 자네(담당 기사)를 야단치면서 떠밀기로 각본을 짰다.

다음날 아침 예상대로 R.E.가 잔소리를 시작한다. 나는 다가가서 사정을 들은 다음 이건 우리 잘못이라고 호통을 치면서 담당 기사를 떠밀어 버렸다. 아뿔싸! 마침 철근 위에서 있던 담당 기사가 철근에 발이 걸려 뒤로 자빠지고 말았다. 이에 당황한 감독관이 사무실로 찾아와 자기가 시간 개념이 부족하였음을 사과하였다.

그 현장을 떠난 후 언뜻 생각해 보니 "차라리 철근 한 대만 더 배근했더라면 아무 일도 아니었을 텐데…" 하는 만시지탄이 든다. 현장에서 다들 맡은 일에만 집중하다 보면 그런 생각이 떠오를 만한 정신적인 여유가 없다는 게 문제가 될 수 있다는 걸 깨달았다.

경찰 수비대에 연행되다

휴가에서 복귀하고 보니 내 사무실 책상 위에 있던 고정식 무전기(Mother station)가 없어졌다. 직원들은 내가 돌아올 때까지 마냥 기다렸단다. 참말로 딱한 직원들이다.

현장 간의 거리가 250km나 되므로 철도청의 특별 허가를 받아 설치한 무전기였다.

전화도 안 되던 그 시절에 고성능 워키토키(Walkie-Talkie)는 철도 공사 수행에는 필수품이었다. 문제는 고정식 무전기는 장거리용이라는 것이다. 티그리트 수비대에 도난 신고를 하자 내가 연행되어 구속되고 만다. 티그리트시는 당시 대통령이던 사담 후세인의 고향이라 수비대는 대통령 직속 기관으로 군경업무를 통합 관리하므로 삼엄하였다. 죄목이 이적 행위라는 것이다. 당시 이란과 전쟁 중이었으므로 간첩의 교신 장비가 될 수 있다는 것이다. 다만 내가 북부 철도 공사 소장이라는 점을 감안하여 최선의 예우로 유치장 대신 수비대 건물 내에 연금시키고 출입을 제한하였다. 불편하지는 않았으나 한심하였다. 도난당한 지 2주일도 넘었는데 즉시 처리하지 않고 있다가 내가 붙잡혀 가게 되었다.

겪어 봤어?

소장 부재 시에는 엄연히 관리 부책임자가 있는데, 이런 걸 즉시 처리하지 않고 내가 복귀할 때까지 방치하였다니.

경찰 수비대 사무실 주위를 둘러보니 사무실 내부가 너무 헐었다. 전등도 꺼진 게 많았다. 나는 수비대장에게 말했다.

"건물 내부에 칠 한번 해 줄까?"

"정말? 얼마나 걸리는데?"

"오늘 밤에 다 끝낼게, 그리고 전등도 갈아 줄게." 밤새 칠이 다 끝났고, 아침에는 전등도 바꿔 주었다. 수비대장은 너무나 좋아서 나를 자기 사무실로 안내하였다.

"그냥 이 방에서 차나 마시면서 나와 함께 지내자." 조사는 계속되었지만 철도청에서 보증을 서 주어 다음날 나는 석방되었다.

"하여튼 빨리 나오게 해 주느라 수고 많았다." 직원들은 나를 똑바로 바라보지도 못하였다.

KAL기 폭파 사건

천신만고 끝에 드디어 어렵고도 복잡한 공사를 준공시키기에 이르렀다. 전쟁 속에서의 위험, 철도청의 자국민 우선주의, 독일 감리회사의 신랄함, 250km에 걸쳐 산재한 현장 통솔상의 어려움, 근로자의 집단 소요, 열대 지역의 작업 조건과 자금난 등 완전히 기진맥진한 끝에 거둔 성과였다. 이제는 그리운 가족들에게 돌아갈 수 있으리라, 마음 설레고 있던 1987년 9월 어느 날이었다.

그 현장은 준공되었으니 아랫사람에게 인계하고 그곳을 떠나, 공사는 끝났지만 장기간 완공을 보지 못하고 있는 2개의 문제 현장으로 가서 어떻게 하든지 완공시켜 하자보증금(Final Account)을 찾아 가지고 귀국하라는 본사의 지시를 받게 되었다. 철도 공사를 준공시키면 귀국할 줄 알았던 내게는 뜻밖의 요구였다.

멀리 사방에 둘러쳐진 지평선을 배경 삼아 내 차는 아까부터 북녘을 향해 달리고 있다. 왼편에는 광야를 가로지르는 운하를 따라 무성히 자란 갈대 숲이 있고, 오른편에는 대추야자 나무들이 듬성듬성 펼쳐져 있는 끝없는 벌판이다. 차는 바람에 파도처럼 일렁이는 갈대숲을 스치듯이, 뒤로는 붉은 흙먼지를 휘날리며 지평선 저 멀리 작은 섬처럼 보이는 언덕을 향해 달려간다. 얼마를 달려서 운하를 벗어나 산등성이 길로 들어섰다.

"내가 늘 어려운 일도 마다하지 않고 순순히 처리하였더니 이 마당에 또 어려운 일을 골라서 맡기시는 겁니까?" 티그리스강을 끼고 니느웨 성터가 내려다보이는 동편 언덕에서서 이렇게 마음속으로 불평하고 있을 때 성경 요나서의 말씀이 떠올랐다.

"이르시되 너의 성냄이 어찌 합당하냐."(요나서 2:4) 나는 지친 마음으로 문제의 현장으로 가는 도중에 니느웨 성터에 들러 하소연을 한 것이다.

문제의 현장에 도착했을 때 나를 반긴 것은 환영 인파도, 피로를 풀어 줄 목욕물도 아니었다. 넓은 사막이 펼쳐진 가운데, 아직 입주하지 않아 텅 빈 아파트 건물들이 우뚝 서 있었다. 벌건 하늘을 배경으로 듬성듬성 서 있는 아직 입주 전이라 텅 비인 콘크리트 건물들은 을씨년스러웠다. 무언가 먹을 것이 있나 하고 인적 없는 공사 현장을 까마귀 떼가 기웃거리며 몰려다니는 모습은 그 휑한 분위기를 가중시킨다.

사마라(Samara)와 팔루자(Fallujah)에 있는 2개의 아파트 공사 현장은 작은 도시와 맞먹는 대규모 공사였지만, 이제 양쪽 현장에 남아 있는 인원은 모두 합해서 직원 4명과 근로자 20여 명이 전부였다. 나를 맞이하러 나온 그들의 얼굴에는 미안함과 피로함이 가득했다. 나는 팔루자 숙소에 짐을 풀고 피곤한 몸을 뉘었다. 오랜 타국 생활로 나도 지쳐 있었다.

사마라와 팔루자 아파트에는 아무런 하자가 없었다. 문제는 2만 파운드에 견디는 방공호 바닥에 물이 새 들어와서 정강이까지 차 있는 것이었다. 현장에서는 티그리스 강의 상수면보다 높게 방공호의 기초를 시공하였으므로 괜찮을 걸로 판단한 듯하다.

그러나 내 생각은 좀 달랐다. 해수면과 달리 강수면은 오르내림이 있는 데다, 기초 터파기를 하고 나서 보니 뽀송뽀송하기에 설계대로 시공한 듯하다. 지하 구조물이 상수면 이하인 경우 기초벽을 콘크리트 바닥 위에 설치할 때 콘크리트 타설 조인트에 물끊기 띠(Water stop)를 삽입한다. 그리고 기초 하부와 벽면에 전면적으로 방수 코팅을 하는 게 상식인데, 여기 의문이 있었다. 나는 벽면과 조인트 부분에 30cm 간격으로 고압 에폭시를 주입하여 방수 콘크리트 구조물로 만들었다. 그리고 외벽 면에는 역청방수 코팅을 하

겪어 봤어?

여 마무리 지었다.

11월 중순경, 엊그제 따온 모과가 말라서 한쪽이 거무스레해질 무렵, 하자 문제를 다 해결 지어, FAC도 승인을 받았다. 76년에 해외 근무를 처음 시작하여 2년, 그다음에는 3년 반, 이번 세 번째도 어언 5년이 다 되어 간다. 한시바삐 집으로 날아가고 싶었다. 가장 빨리 탈 수 있는 비행기가 11월 29일에 있어 예약했으나, 나는 마음을 바꾸었다. 11월 말보다는 한 주 후인 12월 초쯤이면 확실히 귀국 승인이 날 수 있으리라고 생각되었기 때문이다.

지금부터의 일은 다시 생각해도 머리가 어찔한 사건이다. 나는 집에 돌아가고 싶은 마음을 참을 수가 없었다. 매일 밤 숙소에서 가족들의 사진을 들여다보다 잠드는 것이 일상이 되었다. 이 일이 내 목숨을 구하게 될 줄은 당시에는 상상조차 하지 못했다. 날짜가 정해지지 않았다면 모를까, 정해졌던 날짜를 미루자 외로움이 텅 빈 가슴속을 파고들기 시작한다. 아무도 없는 사무실에 홀로 앉아 하루 종일 성경을 읽다가, 밤이면 숙소에서 기타를 안고 외로움을 달랬다.

아내와 약속했던 일이 떠올라 이참에 성경을 마저 통독하여 마치기로 마음 먹었다. 나는 밤마다 최근에 연습한 클래식 기타곡 '에스트렐리타(Estrellita)'를 치고 또 쳤다. 이번에 집에 가면 아내에게 이 곡을 멋있게 들려줘야지. 하루에 수십 번도 더 되뇌었다.

그런데… 11월 29일, 내가 타기로 예정되어 있었던 바로 그 항공기가 미얀마 상공에서 실종되었다. '김현희의 KAL기 폭파 사건'이었다. 내가 만약 마음을 바꾸어 비행기 예약을 일주일 미루지 않았더라면 지금의 나는 여기 없었을 것이다. 그날도 평소처럼 텅 빈 사무실에 홀로 앉아 성경을 읽고 있다가 그 소식을 들었을 때 식은 땀이 등줄기를 타고 흘러내렸다. 순간 손에 들려있던 성경이 눈에 들어왔다.

"하나님, 감사합니다." 나도 모르게 입에서 튀어나왔다. 나중에 들은 이야기이지만, 변경된 항공편의 전언이 늦어져서 내가 11월 29일 자 비행기를 타고 귀국하는 줄로만 알고 있었던 아내는 한국에서 그 소식을 처음 듣고 소스라쳐 혼절할 뻔했다고 했다고.

"서울로 향하던 KAL 858기가 미얀마 상공에서 실종되었습니다."로 시작하는 뉴스를 들었을 때 아내의 심정이 어떠했을지 상상조차 하고 싶지 않다. 지금 생각해도 내가 그 비행기를 피했던 것은 정말 천운(天運)이었다고 생각된다. 아내와 그때 이야기만 나오면 지금도 가슴을 쓸어내리고는 한다.

에필로그

그 이후 나의 삶은 덤으로 사는 거나 마찬가지다. 먼저 물질과 출세에 대한 미련을 내려놓았다. 따라서 오랫동안 몸 담았던 건설회사에서도 일찌감치 은퇴하였다. 그 대신 숙원이던 기타 제작에 몰두한다. 집에서 아내는 글을 쓰고 나는 기타를 만든다.

만리타향에서 그리움과 외로움을 곱씹으며 견뎌야 했던 날들과는 정반대의 환경이다. 단란함 속에 감사함으로 충만한 날들의 연속이다. 생활비가 바닥이 나도 우린 마음 편한 바보가 되어 가고 있다. 몸이 아파도 감사, 다쳐도 감사하는 나날이다. 나의 기도에는 **"나의 잔이 넘치나이다"**가 빠지지 않는다.

그 후 37년이 지났으니 내가 얼마나 변했을까? 거의 변하지 않은 듯하지만 달라진 점도 있다. 무슨 일이고 그 분야에서 일단 성취가 있게 되면 세상을 달관하게 된다. 기타를 만들다 보니 '완벽주의'가 되어 가고 있다. 따라서 잘못된 일을 보면 그냥 넘기지를 못한다. 그러던 내가 친구 간에 의견이 달라도 참고 양보하였더니, 마치 나를 바보로 여기는 친구도 있지만, 솔직히 내가 도달한 경지는 그와 다르다. 친구를 대할 때 어떤 선입견이나 불편한 심사를 지니면 은연 중 그게 상대방에게 전달되므로 나는 항상 담담한 마음을 갖도록 노력한다.

내가 본 이라크

이라크는 중동 지역의 지리적인 요충에 위치하여 이란, 튀르키예, 시리아, 사우디아라비아, 요르단과 접하고 있다. 정식 명칭은 이라크 공화국(Republic of Iraq)이다. 종교의 자유가 있는 나라로 이슬람교(시아파 60%, 수니파 30%)가 주류이나 기독교도 허용하여 모스크바의 바실리카 성당과 같은 아름다운 성당이 여러 곳에 있다. 이라크는 고대 메소포타미아 문명의 발상지로 앗수리아, 바빌론 등 중동의 열강이 다스리던 나라로 역사 깊은 유적지가 많다. 특히 우르지방에는 선악과가 있다는 에덴동산이 있고, 여러 가지 형태의 바벨탑이 있으며 앗수리안, 아르메니안과 같은 소수민족도 거주하고 있다.

1921년부터 1958년까지 영국 식민지(위임통치령)로 있었으므로 영국에 대한 반감이 있는 듯하다. 단 우리나라처럼 반일 몰이나 구호를 외치는 게 아니고 영국인에 대해서는 어떤 사건이 생기면 원칙대로 냉정하게 대하는 듯하다. 예를 들면 영국인이 도로에서 유턴을 감행하다 적발되면 응당한 처벌을 받은 다음에 추방 조치를 한다는 것이다. 반면에 한국인이 같은 유턴 위반을 하다 걸리면 면허증을 확인한 다음에 주의만 주고 그냥 보내 줬다는 얘기를 들었다.

티그리스 강과 유프라데스 강의 수위가 같아서 영국 식민 시절에 사막 벌판에 바둑판처럼 운하를 파서 갈대가 우거져 있고 야자수 등 식물 재배도 가능하다. 바그다드의 번화가에는 유흥가가 늘어서 있고 외국인용 카지노도 있다. 한때는 한국 여자 무용단도 바그다드의 캬바레에서 공연하였다. 1986년경에 구 소련의 레닌 그라드 발레단이 바빌론 성내의 원형 극장에서 공연할 때 관람한 적이 있다.

도심을 흐르는 티그리스 강변에는 잉어 구이 식당이 즐비한데 큼직한 잉어의 배를 갈라 아랍식 양념을 발라 장작불에 구운 맛은 우리에게도 별미였다. 주식인 밀가루를 무상 배급하므로 빵집에서는 굽는 인건비만 받는다. 한번은 바그다드에서 회의를 마치고 바이지로 돌아오는 길에 운전사에게 일 디나(3천원)를 주고 걸레빵(Aysh)을 사 오라고 했더니 100개나 포장된 걸 지고 와서 직원들에게 나눠 준 적이 있다. 한국 사람을 좋아하며 특히 현대건설이 인기가 있어서 겨울철에 바이지에 사는 현지인들은 거의 다 현대건설 점퍼를 입고 다닌다.

4부

카타르 도하에서 생긴 일

카타르 국립대학 신축 공사

2년 (1983~1985)

결단

이라크 바그다드의 하이파 스트리트 현장에서 기술부장으로 일 년간 근무했을 때 본사로부터 통보를 받았다. 전임 소장이 퇴사하게 되어 후임으로 결정했으니 일단 귀국하여 설명을 듣고 현지에 부임하라는 것이었다.

당시 이란과 이라크가 전쟁 중이라 두 나라가 원유를 양산하기 때문에 유가가 하락되어 카타르 정부가 감산하자 재정이 궁핍하여 왕실이 직영하는 카타르 대학은 기성고도 체불되고 거의 개점휴업 상태였다. 1983년 봄에 나는 현장소장직을 인계받으러 간다. 이런 게 해결사가 할 일인가 보다. 내가 부임할 즈음 이란과 이간의 전쟁도 소강상태에 들어가자 카타르 정부도 원유를 양산하기 시작했다. 왕실과는 공사대금을 원유로 대신하기로 합의 되었다. 해상원유시장(Spot Market)에 유조선 한 척분의 원유를 넘겼더니 준공까지의 전체 공사비를 미리 받은 셈이 되었다. 따라서 공사 작업도 매우 활성화되었다. 전임 소장이 조금만 더 참고 기다렸다면 하는 아쉬움이 남는다. 시운(時運)이란 이런 걸 말하나 보다. 이어서 국왕의 한국 방문을 계기로 카타르가 오늘과 같이 눈부신 발전을 하게 된다.

　이 공사는 방대한 규모의 대학 캠퍼스 신축 공사로 일본의 후지타(FUZITA)와 현대건설이 파트너십을 맺고 후지타가 토목공사와 건물 골조 공사를 분담하고, 현대건설이 마감 공사 일체를 맡는 공사이다. 설계는 파리대학의 건축학 박사인 이집트 출신 Dr. K인데 평소에 내게 호의적이어서, 도서관의 창 외부에 설치하여 햇볕을 가리는 목제 루버(격자창-Mushiravia) 재료 선정 과정에 비싼 티크(Teak)목 대신 그 절반 가격밖에 안 되는 니아토(Nyato)목을 선뜻 승인해 준 적이 있다.

　한편 왕실 기술고문은 베이루트 대학 출신 건축 기술자로 카타르 왕의 신임이 두터웠다. 당시 팔레스타인의 최고지도자인 고 아라파트의 영향력이 대단해서, 자기의 심복을 이슬람 제국에 파견하여 모종의 인지세를 수금하는 등, 보이코트 이스라엘 정책을 구현하고자 적극적인 활동을 펼친 걸로 알고 있다.

　왕실 기술고문은 처음 부임 인사 갔을 때와, 그의 요청으로 왕궁에 가서 공사 현황 브리핑을 한 것 외에 따로 만난 적은 없으나 맛있는 대추야자 열매를 보내 주며 관심을 보이곤 하여 나도 답례한 적이 있다. 공사와 관련된 기관장들에게는 가끔 한국에서 공수(空輸)한 큼직한 꿀배나, 장인어른이 친필 서화에 받는 이의 이름까지 붓글씨로 써 주신 두루말이 족자를 표구해서 증정하면 모두 놀라워했다. 한국인 공사 책임자에 대해 꽤나 우호적인 발주처 왕실과 설계자의 지지에 힘입어 공사는 별 탈 없이 잘 진행되고 있었다. 물론 현장에 상주하는 영국계 컨설턴트와의 관계도 좋았다. 필경 내가 아랍인이나 영국인들과 잘 지내는 체질인지도 모르겠다, 공사가 순조로울수록 현장 소장은 컨설턴트 책임자나 관련 기관 등을 자주 찾아가 담소를 나누곤 하였다. Dr. K의 타운 오피스에는 내가 가끔 찾아가서 차를 마시기도 했다.

문제가 생겼다. 설계에는 박물관 내부 모든 콘크리트 벽에 경량 철재 프레임을 설치하고 메탈라스(metal lath)를 둘러친 다음 그 위에 울퉁불퉁하게 세멘트 반죽(Cement mortar) 뿜칠을 하여 마감하게 되어 있었다. 그러나 가로 세로 60cm ×60cm 간격의 프레임이 너무 엉성해서 부실해 보였다. Dr. K를 찾아가 사유를 설명한다.

"프레임을 45cm×45cm로 변경하고 그 위에 석회반죽(Lime plaster)을…" 말을 마치기도 전에 Dr. K의 얼굴이 굳어지더니, 딱 잡아떼면서 아무 소리 말고 설계대로 시공하라는 것이었다. 이는 설계 미스를 스스로 인정해야 되는 일이므로 이해는 간다. 할 수 없이 설계대로 시공하면서 보니 건조가 완료된 벽체의 상태가 온전치 못했다. 여기저기 균열(crack)이 드러났으니 이대로는 도저히 준공될 수가 없다.

  며칠을 고심 끝에 '결단'을 내린다. 비밀리에 비어있는 창고에 원설계(60cm×60cm 간격)대로 한 면을 견본 시공하고, 그 옆에 변경 설계안(45cm×45cm 간격)대로 비교할 수 있도록 한 면을 더 만들었다. 이때 변경안은 잘 갈라지는 시멘트 반죽 대신 건습 환경에 신축성이 있는 석회 반죽 뿜칠을 하였다. 4주간의 양생 후에 살펴보니 원설계는 박물관에 이미 나타난 결과와 마찬가지로 균열이 났고, 변경 설계안대로 시공한 벽체는 말짱하였다.

  "성공이다!" 그러나 이 일을 어떻게 처리하느냐가 문제였다.

■ 작전 계획

  먼저 왕실 기술고문을 찾아가서 사유를 설명하고 오는 12월 5일 현장을 방문해 줄 것을 요청하고 내락을 받았다. 물론 현장에 상주하는 영국계 컨설턴트 책임자와도 미리 상의해 두었다.

  왕실 기술고문과 건축 설계자인 Dr. K에게 초대장을 돌린다. 다음에 견본시공의 기술적인 비교 판단을 위해 현장에 상주하는 컨설턴트 감독관들에게도 초대장을 모두 돌렸다. 약속된 일시에 왕실 기술고문과 설계자 Dr. K 외 10여 명이 견본시공을 해 놓은 장소를 방문한다. 숨을 죽이며 바라보니 왕실 기술고문이 자세히 살펴보다가 원설계대로 시공된 벽면을 가리키며 "끝났다(Hallas)!"하며 나가 버린다. Dr. K의 자존심이 엄청 상했겠지만 회사를 위해서는 어쩔 수 없는 조치였다.

그런데, "Mr. Choi의 해골이 사막에 구를 거라"는 정보가 Dr. K의 타운 오피스에 근무하는 직원으로부터 우리 현장의 설계 담당 직원에게 들어왔다. 나는 공항의 출국장 로비에서 Dr. K에게 출국 인사차 전화를 걸었다. Dr. K가 웃으면서 "내가 Mr. Choi에게 그럴 리가 있겠느냐." 그 말은 그가 그런 생각을 갖고 있었다는 걸 시인한 것이다.

실은 카타르 대학이 거의 준공 단계에 이른 데다, 마침 아라크의 한 현장에 근로자 소요 사태가 발생하여 수습차 전임 소장과 교체하기로 내정되어 있었으므로, 도망간 것은 아니다.

나는 출중한 공구장을 후임 소장으로 선정하고 귀국하였다. 하긴 머리 큰 소장이 일찌감치 빠져 줘야 후진 양성을 할 수 있다.

육로 운송

결과는 이미 예상했던 일이므로 나는 사용할 자재 조달 준비를 미리 해 두고 있었다. 문제는 자재 구입 자금, 납기 및 시공 기간이다. 신년 1월 21일 국왕의 생신날 박물관 개관 일정이 잡혀 있었고, 국왕이 손수 테이프를 끊는 행사가 예정되어 있었다. 역으로 계산하면 12월 5일부터 47일밖에 안 남았다. 그 짧은 기간 내에 이미 완료된 시멘트 뿜칠 벽체를 털어 내고 철제 프레임도 모두 철거하고 변경된 프레임을 설치한 다음 다시 석회 재료를 수입하여 뿜칠 마감을 하고 완전 청소까지 끝내야 한다.

■ 자재 조달 최소 시일 추정

· 본사에 자재 청구 시 건축사업본부에서 검토한 다음 자재 본부에 구매 요청 : 1일
· 자재 본부에서 납품 견적서와 대비한 후 지점에 구매 승인 : 2일
· L/C 개설 : 14일(해외 건설사업에서 들어온 자금은 당시

현대전자, 현대석유화학 등 신규 사업에 투자할 때였으므로 구매 지점에서는 자금 조달에 어려움이 있었다.)

· 런던 지점에서 자재를 발주하면 메이커가 생산을 시작, 부두까지 배송 : 14일

· 통관, 선편 대기, 화물선 적재 후 운항 : 20일~30일

· 항구에서 부두 접안 대기, 하역 및 통관 : 7일(당시 중동 건설 붐이어서 항구에 배가 도착해도 접안대기 하는 데 4주가 걸리는 경우도 있었다.)

· 내륙 운송 : 1일, 합계 : 최소 59일이 소요되므로 남아 있는 기간 47일에 비해 절대 부족한 기간이다. 이는 정상적으로는 불가능한 일이었다.

■ 육로 운송 작전(Overland Truckimg)

운송할 물량은 대형 컨테이너 트럭 한 대분이다. 본사와 런던 지점에 상황을 설명하고 이번만큼은 현장에서 직접 구매하기로 양해를 받아 냈다. 어차피 설계 변경이 예견되었으므로 영국의 석회반죽(Plaster) 메이커와는 사전 구매계약을 체결하고, 우리에게 보낼 만한 재고를 항시 유지하다가 통보받는 즉시 트럭을 출발시킨다는 조건을 달았다. 현장에서 텔레그램 이체 방법으로 메이커와 직접 거래를 했더니,

파운드화 대비 카타르화의 환차가 파운드화 대비 한국 원화 간의 환차 비율보다 커서 구매 비용이 10%나 절감된 걸로 기억된다.

트럭이 런던을 출발하면 육로로 5,500km를 달려야 한다.

일반적으로 11일 정도 걸린다고 하지만 11개국을 경유해야 하는 까다로운 통관 절차와 국가 간의 분쟁 등 변수가 많아서 좀처럼 권장하지 않는 방안이지만 대안이 없었으므로 사운을 걸고 모험을 감행할 수밖에 없었다.

■ 출발 후 경유지

파리(프랑스) 〉 뮌헨(독일) 〉 비엔나(오스트리아) 〉 부다페스트(항가리) 〉 베오그라드(세르비아) 〉 소피아(불가리아) 〉 이스탄불(터키) 〉 테헤란(이란) 〉 바그다드(이라크) 〉 리야드(사우디아라비아) 〉 도하 도착. 위의 경유지마다 숙박하면 11일이 걸리지만, 운전기사 2인이 동승하여 교대로 16시간을 운행하면서, 트럭에서 간이 취사 및 휴식을 취할 때 5개 도시에만 숙박하면 5일이란 계산이 나온다. 중동까지 육로 운송의 유경험자를 선발하여, 목표 일수 10일을 기준으로 하루 당길 때마다 운전기사에게 성공불

(Incentive fee)을 주기로 제안했다.

얼마 후, 후임 소장으로부터 보고받은 내용은 석회 반죽이 일찌감치 도착하여 박물관 내벽의 개조 공사를 완료하고 청소까지 끝냈을 때 일주일이나 남았더라고.

재시공 비용은 모두 받아 냈다. 이게 현대 건아(健兒)의 긍지이다.

에어컨 없는 카타르 대학

열사의 땅에 지어진 카타르 국립대학에는 에어컨이 없다. 아니, 있기는 하지만 그건 냉방 장치가 아니고 냉풍 장치이다. 카타르는 사우디와 같은 기후로 한낮에는 몹시 덥지만 직사광선을 피한 그늘에서는 우리나라 여름 기온과 비슷하다.

열대 건조한 사막 지역에 살던 그들의 조상은 일찍부터 더위를 피하는 방법을 터득하고 있었다.

천장에 큼직한 선풍기가 매달려 설렁대며 부채처럼 시원한 바람을 느끼게 해 준다.

창문 밖에는 루버(격자창)라는 햇볕 가리개를 설치하여 채광을 조절한다. 밖에는 수평 천막을 쳐서 직사광선을 피한다.

방바닥은 널마루 대신 테라조나 대리석을 깔아서 실내의 시원함을 유지하고 있다.

가장 중요한 것은 물이 증발할 때 소모되는 기화열로 인해 생성되는 냉각 효과로 시원한 공기를 만드는 장치이다.

물을 냉매로 이용하는 냉풍기는 습기도 발생시키므로 사막과 같이 건조한 기후에 도움이 된다. 내가 처음 사우디에 도착했을 때만 해도 이런 증발접시 방식을 이용한 냉풍기를 시중에서 팔고 있었다. 이는 요즘 우리 시중에서 흔히 볼 수 있는 저렴한 가격의 물이나 얼음을 이용한 냉풍기(Air cooler)의 원시적 형태라고 볼 수 있다.

대학 캠퍼스의 냉방 시설에 대해서 간단히 설명하면, 건물들의 지하에는 차량이 왕복할 만한 폭의 암거(暗渠)가 있는데 여기서 각 교실 바닥 주변에 뚫린 통풍구로 시원한 공기를 올려 보내는 방식이다. 실온을 냉각시킨 후에 더워진 공기는 대류작용에 의해 천장에 있는 환기구로 배출된다. 지하통로의 한쪽 끝에는 냉각 시설이 있는데. 이는 증발 패드에 의해 물의 기화열을 흡수하여 공기의 냉각 효과를 생성하는 냉풍 공급 장치이다. 이와 같은 냉풍 장치는 에어컨에 사용되는 각종 냉매(프레온, 프로판가스, 암모니아 등) 대신 물을 사용하므로 규모는 크지만 일반 에어컨 장치보다 구조가 간단하며 3도~5도의 냉각 효과가 있다. 실제로 지하 통로의 기온은 서늘했고, 교실도 한국의 5월 말 느낌으로 땀이 날 정도는 아니고 그냥 지낼 만하였다.

한편 대학 건물에는 모든 창밖에 격자창(목제 루버)을 설치했는데, 이는 우리나라의 고사찰(古寺刹)과 경복궁의 창살과 비슷하나 단청(丹靑)이 아닌 티크 류의 원목재를 정교하

겪어 봤어?

게 가공하여 만들었으며 햇볕을 절반쯤 가리는 역할을 한다.

지하에 테니스 코트만 한 규모의 냉풍 가동 시설 구조물
이 있지만, 그 위에 농업용수 공급을 위한 구멍 뚫린(perfo-
rated) 파이프를 배관한 다음 흙을 덮고 나무를 심었으므로
외부에서는 통풍구 외에는 보이지 않는다.

우리 기계설비 기사에 의하면, 이런 대규모의 냉풍 시설은
오로지 조상의 지혜를 돌아보고 옛날 아이디어를 살리는 데
의의가 있을 뿐, 실제 시설비는 대학 캠퍼스 전체에 현대식
냉방 시설을 하는 것보다 두 배는 더 들었을 거라고 하였다.

항공 여객기 운임

나라마다 자국의 여객기를 국적기(國籍機)라고 부른다. 당시 중동 지역에는 ASIANA보다 먼저 KAL기가 독점하다시피 취항하고 있었다. 내가 처음 바레인에 부임할 때만 해도 CATHAY PACIFIC 등 외국 여객기를 탔지만 중동 건설 붐이 일자 몇만 명의 근로자를 실어 나르는 경쟁이 심화되었다. 사우디에 한국계 건설기업들이 많은 공사를 수주하게 되자 대사관에서는 국적기만 타도록 종용했던 걸로 들은 적이 있다.

어느 날 여권 담당 직원이 KAL의 도하 영업소를 다녀오더니 한국계 다른 건설회사와 현대건설의 항공운임에 가격차이가 있는 걸 발견했다고 보고하였다. 애시당초 몰랐다면 상관없겠으나 알고도 그냥 넘어갈 수는 없는 문제였다. 이에 KAL 영업소장이 급히 찾아오더니 이는 두 건설회사와의 운임계약 시점의 차이로 발생된 것이므로 앞으로는 운임을 맞춰 줄 테니 양해해 달라고 사정하였다. 같은 카타르에서 같은 기간에 한국업체 간에 운임의 차이를 둔다는 것은 내 상식으로는 도저히 묵과할 수 없었다. 나는 다른 건설회사와 계약을 한 시점부터 소급해서 항공운임을 똑같이 정산해 달라고 요구하였다. 이어서 난리가 났다. 대한항공 측 임원들이 찾아왔으나 내 대답은 요지부동이었다. 기업이란 이익 추구가 상호 간의 목표인데 지난 손실을 만회하지 않고는 양보할 수 없는 일이었다. 대사님께서도 양쪽을 불러 염려하셨으나 타협점을 찾지 못했다. 한편 한국인은 반드시 국적기만 타라는 지침도 흐지부지된 시기였다. 그뿐만 아니라 국적기의 우수한 정비 기술과 친절한 기내서비스 덕분에 점차 명성을 날리게 되고 있었다. 따라서 국적기도 충분히 국제적 경쟁력을 갖추게 된 시점이었다.

하루는 여권 담당 직원이 바레인의 국영 항공사인 걸프항공(Gulf Air-Line)과 접촉했더니 그쪽에서는 20%나 저렴한 운임을 제시하더라고. 바야흐로 항공 여객기의 무한 경쟁 시대에 들어서서 어느 나라나 타국 여객기의 운임이 자국의 여객기보다 저렴한 건 알고 있었으나, 그렇게 큰 차이가 있는 줄은 그때 처음 알았다.

나는 대사님을 찾아가서 솔직한 입장을 토로하였다. 결국 우리 현장의 근로자들은 걸프 여객기를 타고 귀국한다. 그 여객기는 도쿄까지만 운항하고 일박 후에 도쿄에서 서울까지는 미국의 유나이티드 항공 여객기로 갈아탄다고 하니 더더구나 환영하였다. 얼마 후에 들으니 KAL의 도하 영업소장은 다른 곳으로 좌천되었다고. 그분에게 두고두고 미안한 마음이 있다.

만찬

카타르 국립대학 건설 공사를 감리하는 영국계 컨설턴트 소장 Mr. James의 딸이 고등학교 졸업을 앞둔 겨울 방학 때 부모를 방문했다. 다음은 그들을 도하호텔 식당에 초대했던 얘기다. 나는 그들을 초대하기 전에 먼저 식당에 가서 저녁을 들면서 세일즈 매니저와 상의한다. 그래서 예상치 못한 특별한 '디너'를 차릴 수 있게 된다.

- 테이블 위치 :

  그 식당에서 가장 전망이 좋은 코너의 좌석을 선택한다. 식당 층은 유리창이 역 피라미드형으로 되어 있다. 한쪽은 바다가, 다른 한쪽은 야자수 숲이 무성하게 보이는 자리이다.

- 식사용 기구(Utensil) :

  기존 테이블보 위에 레이스가 가장자리에 달린 얇은 보를 한 겹 덧씌운다. 메인 접시(Main plate)는 호텔이 보유하고 있는 최고급 접시를, 혹시 Mr. James 가족이 마음에 들어하면 선물하려고 미리 준비해 두었다. 그날은

겪어 봤어?

백색 본차이나 접시에 이태리 화가 레오나르드의 그림이 그려져 있고, 주변은 돌을새김, 테두리는 금도금 처리된 명품을 내놓았다. 식사용 도구는 중세풍이면서도 가벼운 것을 골랐다.

- 꽃꽂이 :

흔히 유리병에 꽃을 한두 개 꽂아 놓는 대신, 일본식 화반(花盤)에 꽃장식을 해 놓고 화반 앞에는 "Dear honorable Mr. James & Family와 Hosted by D.S. Choi"라고 프린트한 명함을 세워 놓았다.

- 메인 디쉬(Main dish) :

샤토브리앙으로 정했다. 육질이 연하고 담백해서 비프 스테이크보다 상급이다. 게다가 샤토브리앙을 주문하면 셰프가 카트를 밀고 나와서 직접 고기를 썰어 주면서 대화할 수 있기 때문이다. 외국 고객은 셰프와 대화를 즐긴다.

- 음료(Beverage) :

빈티지 고급 와인을 주문했으나 지금은 기억에 없다.

- 음악 연주 :

마침 멕시칸 마리아치가 연주하기에 연주곡 리스트를 봐 두었다. 그때만 해도 나는 한번 보면 며칠은 기억할 수 있었다. 다른 테이블 앞에서는 보통 한두 곡으로 끝내지만, 우리 테이블 앞에 오자 10여 분 정도 신청곡을 연주시켰다.

소장 Mr. James의 딸이 "Mr. Choi는 라틴 음악을 많이 아는 것 같아요."

James가 대답하기를 "그는 클래시컬 뮤직에도 조예가 깊다. 현장에서 만날 때면 늘 워크맨으로 클래식 음악을 듣고 있지. 게다가 우리네 'British Standard'에 대해서도 나보다 잘 아서."라고 덧붙였다. 식사가 끝날 무렵 세일즈 매니저는 호텔 마크가 있는 쇼핑백에 각종 쿠키, 포스트 카드, 호텔 엠블렘, 기념 성냥에다 부인이 탄복한 접시 세트도 넣어 주었다. 만찬이 얼마나 성과가 있었을지, 상상해 보시라!

다음 날부터 Mr. James 소장이 나를 대하는 태도가 달라졌다. 최소의 비용으로 최대의 성과를!

참고 만찬 준비

나는 당시 도하에서 제일 고급 호텔인 도하 호텔의 세일즈 매니저와 친분이 좀 있었다. 그 호텔이 현대건설 작품인데다, 내가 카타르 국립대학의 공사 책임자이고, 무엇보다 국내외의 VIP를 자주 유치한 덕분이다. 그는 나에게 멤버십도 내주어서 수영장 출입도 가끔 했다. 중요한 건 그가 호텔을 활용하는 방법을 가르쳐 준다는 것이다. 따라서 VIP를 대접할 일이 있을 때 그와 상의하면 신이 나서 가르쳐 준다. 대부분의 고객들이 무심하게 호텔을 이용하므로, 그는 호텔이 고객에게 제공할 수 있는 여러 가지 서비스에 실력을 발휘해 보고 싶은 열망이 있었는데, 그게 나와 죽이 잘 맞아떨어진 것이다.

숙소

카타르 국립대학 신축 공사에는 우리가 별로 익숙하지 못한 특수 공정이 있다. 옛날 성당처럼 스테인드 글라스 창을 설치하거나, 대소 강당 무대의 커튼을 매어 다는 상부에 석고 조형 플라스터를 시공하는 일이 그런 거다. 스테인드 글라스는 영국에, 무대 상부의 석고 조형물은 이태리에 발주해서 자재는 이미 도착해 있었다. 두 나라에서 전문기능사(Specialist Technician)가 도착하였다. 우연히 두 팀 다 부자(父子)간인데 도가다(土方, 일꾼) 근성이 좀 있는 데다, 한국인을 은근히 깔보는 기색이 있었다. 현장에서는 그들을 비어 있는 간부 숙소로 안내했다. 간부 숙소는 일인실에 넓은 편이고 욕조도 있었으며, 개인용 금고도 구비되어 있어 외관상 가설 건물이란 점만 제외하면 우리나라의 중급 호텔 수준이었다.

첫날 불만은 비프스테이크가 너무 질기다는 것이었다. 잘 아는 호텔 주방에 우리 주방장을 보내서 견학시키고, 마침 우리 영국인 직원이 거들어 주어서 제법 먹을 만한 스테이크를 제공했다. 그다음 날에는 고용 계약서를 들고 왔다. 계

겪어 봤어?

약 내용에 [Reasonable accomodation]이란 조항이 있으니 그대로 해 달라는 것이었다. 하긴 침실 합판벽에는 백색 페인트를 새로 칠했고, 화장실도 합판 벽에 방수 페인트 마감이므로 썰렁해 보였을 수도 있었겠다.

나는 두말없이, "그러면 호텔에 묵을래?"

그들이 얼싸 좋아서 "호텔로 보내 달라"고 말하였다. 나는 공사 현장에서 비교적 가까운 데 있는 '라마다 호텔'에 안내하고 어떠냐고 물었다. 여기저기 둘러보더니 "만족스럽다"고. 그들이 내 작전에 말려든 것이다. 외국 호텔은 방 청소와 침대 시트 정돈을 빼고는 모두가 다 유료 서비스이다. 그들은 우선 물부터 사 먹어야 했고, 수영장 사용도 내가 유료로 해 두었다. 무더위에서 작업해야 하므로 아침, 낮, 저녁으로 갈아입어야 하는 빨래는 어찌하랴? 이튿날 오더니 빨래는 우리 숙소에서 해 달라고 하기에 받아 주었다. 간부 숙소 라운지에는 냉장고에 각종 음료수와 수박 정도는 늘 채워져 있다. 비디오도 있어서 외국 뉴스를 시간차로 볼 수 있으나, 호텔에서는 아랍어로 방영되는 자국 방송 외의 다른 채널은 모두 유료다.

일주일이 지나자 풀 죽은 표정으로 다시 찾아오더니,

"현장 숙소에 다시 들어와도 되느냐?"고, 그동안 작업을 끝낸 후 빨래 찾아가랴, 찜통이 된 자동차 운전하랴, 낮잠 잘 시간도 부족했을 것이다. 현장에서는 방을 비울 때마다 침대 시트를 빨래한 것으로 매번 새로 갈아 줄 뿐만 아니라 현관에 벗어 놓은 신발까지 털어 준다. (공사 현장에서는 신발에 모래가 끼므로 털어 주는 관례가 있었다.) 직원 회식 때는 망고와 대추야자도 나눠 주었다. 그들은 필경 평생 볼 비디오 영화를 숙소 라운지에서 다 보았지 싶다. 다시 현장 숙소에 입주한 그들은 매우 만족하여 공사도 깔끔히 했지만, 숙소의 안락함이 마음에 들어서 나중에는 더 있고 싶다고.

겪어 봤어?

내가 본 카타르

　카타르는 페르샤만 동쪽에 사우디에서 돌출한 반도로 면적이 싱가폴의 1.6배쯤 되는 입헌군주제를 채택한 왕정국가로 국호는 State of Qatar이다. 석유가 발견되기 전에는 바레인과 마찬가지로 진주잡이를 생업으로 황량한 사막 지역이었는데, 지금은 GDP 13만 8천 불로 세계 4위로 무한한 발전 가능성을 갖고 있다. 사우디 인구가 1978년경에 350만 명에서 근년에는 10배가 늘어서 3천4백만이 되었으나 카타르는 2022년 인구통계가 아직은 280만 정도이므로 국민을 먹여 살리기가 쉽다. 중동에서 가장 유명하고 영향력 있는 언론사인 알 자지라(Al Zazeera)사가 설립되어 있다. 다른 아랍 국가와 달리 이란과 우호적인 관계를 구축하는 등 카타르만의 정치 행보를 보이고 있다.

　중요한 것은 석유 매장량이 사우디가 고갈된 후에도 50년을 더 생산할 수 있고 개스 매장량은 러시아와 비슷한 수준이라고 한다. 바꿔 말해서 전세계의 석유가 고갈되어도 카타르는 마지막까지 버틸 수 있는 천혜의 나라이다. 현재 도시 건설 등 번영하는 모습이 두바이를 능가하는 수준이다. 한국인 운동 코치가 제일 많이 활동하고 있는 나라이기도 하다. 실제로 카타르의 번영은 2022년에 월드컵 경기의 유치, 그리고 2023년에는 아시안컵 축구 경기 등의 행사로 미루어 볼 수 있다.

수도 도하시의 가운데 낮은 언덕이 있는데 그 위에 왕궁이 있다. 왕궁을 중심으로 방사형의 환상 순환 도로(Ring Road)가 외곽에도 겹겹이 있다. 재미있는 건 첫째 순환 도로에 경찰서와 소방서, 둘째 순환도로에 대학교, 셋째 순환도로에는 군부대, 넷째 순환도로에는 형무소가 있는데. 왕가에서 가장 신경 쓰이는 대학생들의 시위가 발생한 걸 왕실에서 발견하게 되면 경찰과 군대가 안팎의 순환도로로부터 포위하여 잡아다가 외곽에 있는 형무소에 가둔다는 우스갯소리도 있다.

5부

인도 뭄바이에 가다

나바쉐바 벌크 하역 시설 공사

1년 (1988~1989)

타워 크레인 전복 사고

■ **뭄바이에 가다**

88 올림픽이 열리던 해 정초에 나는 인도로 가는 비행기에 몸을 실었다. 이라크에서 귀국한 지 3개월 만의 해외 장기 출장이었다. 기내에 들어서자 익숙한 답답함이 혹 가슴을 죄어들었다. 어릴 때 비좁은 하수구에 잠시 갇혔던 일 이후로 줄곧 나를 괴롭혀 오던 폐소공포증도 그럭저럭 잦아들었다. 비행기를 한두 번 탄 것이 아니어서 나는 편안하게 창밖을 내다본다.

나바쉐바(Navasheva)항의 공식 명칭은 자와할랄 네루항(Jawaharlal Nehru Port)으로 1989년에 개항된 인도에서 가장 큰 컨테이너 항구로서 뭄바이의 외항이다. 현대건설에서는 편의상 벌크 하역시설(Bulk Handling Facility)이란 명칭으로 대신한다. 이는 미포장 재료(Bulk)를 하역 및 출하하는 초현대식 시설 공사이다. 이 공사는 독일계 기업이 기계설비를 납품, 핀란드계 기업이 로봇 시스템을, 현대건설이 부두시설, 기계조립과 건축시공을 맡아 컨소시엄으로 수주한 공사이다. 공사 규모는 우선 해안에서 수심이 깊은 바다로 1km 정도 나가서, 벌크선 3척이 접안할 수 있는 부두 시설을 철구조로 세운다. 부두에는 미포장 재료(Bulk)를 퍼올리기 위해 바켓(Bucket)이 달린 컨베이어를 가동하는 3대의 골리앗 크레인(Golíath crané)을 설치한다. 이어서 부두로부터 신축 중인 벌크 하역 역사까지 2km 정도의 터널식 구조물을 세우고 그 안에 3열의 컨베이어를 설치하여 연결한다. 3개소의 벌크 하역 역사는 철도의 종착역사로, 곡물, 비료와 유황의 하역장을 각각 반원형의 지붕으로 덮은 형태의 구조물이다.

3종의 재료는 컨베이어 터널을 통해 3개소의 자동 포장공장으로 보내서 40kg들이 포대로 각각 포장한다. 포대는 다시 역사로 보내져 화차에 상차시키는 대규모 시설공사이다. 모든 재료의 운반 중에 절대로 비를 맞으면 안 된다. 공사가 완공되면 어마어마한 양의 곡물, 비료와 유황을 부두 하역에서 시작하여 화차의 상하차에 이르기까지 몇 킬로미터에 걸쳐서 완전자동으로 하역 및 출하하는 시설이 된다. 말하자면 길고도 거대한 무인 로봇 시스템인 벌크 하역 시설이란 공룡이 태어나게 된다. 이론상 중앙 제어실 외에는 작업원이 전혀 필요 없는 로봇 시스템이 왜 인도에 필요한

지는 아직도 의문스럽다. 종착 역사에는 길이 300m나 되는 반원형의 철골 지붕틀을 설치해야 하므로 20m의 광폭 레일 위를 이동하는 타워 크레인도 초대형일 수밖에 없다. 우리가 시중 건설 현장에서 볼 수 있는 일반적인 타워 크레인은 30m 단부에서 5톤을 들 수 있는 정치식이지만, 이번에 전복된 타워 크레인은 30m 단부에서 무려 20톤을 들 수 있고 Rail 위를 이동(Travelling)하는 타입이라 엄청 거대하였다.

내가 인도로 가게 된 이유는 공사 현장에서 타워 크레인 전복 사고가 발생했기 때문이었다. 현지 업체가 타워 크레인을 조립 중에 성능 미달의 크레인으로 타워 크레인의 붐대(Boom)를 들어 올리다가 함께 전복된 것이다. 사고를 수습하기 위해 나는 주재 중역으로서 인도로 출장가게 되었다. 도착한 현장의 모습은 한 마디로 가관이었다. 타워 크레인이 무너진 역사의 구조물 공사는 사실상 중단된 상태였다.

독일과 핀란드 업체에서는 공사 지연은 완전히 현대건설의 책임이라고 주장하였다. 본사도 어지간히 이 일로 골치가 아파 나를 인도로 내보낸 것이다. 나는 공사 현황을 파악하고 지연된 공기 만회 대책을 세운 다음 현보유 장비 현황과 추가 장비 계획을 세밀하게 검토하였다. 지연을 만회하려면 대형 크레인이 많이 부족한 상황이었다. 본부장도 이 문제를 해결 짓고자 현장으로 날아왔다. 본부장은 내가 추가 장비 계획을 설명하자 씁쓸한 듯 입맛을 다셨다.

"그러니까 대형 크레인 30대가 추가로 더 필요하다는 말이죠?"

"네, 그렇습니다." 본부장도 황당하였을 것이므로 현장이 직면한 상황을 설명할 필요가 있었다. 당시 현대 건설에서는 각종 구조물 공사를 현지 협력 업체에게 내어 줄 때, 모든 공사용 중장비를 지입하는 조건으로 계약을 체결했다. 다만 그들에게 없는 타워 크레인만은 현대건설에서 제공하기로 되었다. 현지 업체가 이 타워 크레인을 조립하다가 사고를 낸 것이다. 그럼에도 불구하고 공사가 늦어지니 중장비를 더 들여오라고 하면 무조건 이 나라에는 동원할 만한 장비가 없다고 버텨 온 모양이었다. 그 말을 소장이 단순히 곧이들었던 것이다. 내가 직접 전국을 수배해 보니, 전에 다른 공사를 위해 들여왔던 중장비들이 후속 공사가 없자 대부분 놀고 있음을 알게 되었다. 보고서를 들여다보던 본부장이 물었다.

"이거 누가 작성했어요?"

"제가 직접 검토했습니다."

"그대로 시행하세요. 하지만 인도에는 대형 장비가 없다고 하던데…" 나는 말끝을 흐리는 본부장에게 내가 조사한 결과를 상세히 설명하였다. 본부장은 고개를 끄덕였다. 이로써 중장비 문제는 해결이 된 셈이다.

이제 남은 과제는 '자금 문제를 어떻게 해결하느냐'였다. 나는 발주청장을 찾아갔다. 발주청장은 여자였는데 영국 유학을 한 엘리트로 당시 인도 정부에서 상당히 영향력이 있는 실세로 알려져 있었다. 나는 발주청장을 찾아가서 준비해 간 공정 만회 계획서를 제시하고 브리핑을 하였다. 그리고 현대건설이 대형 중장비를 무려 30대나 추가 투입하여 공사 기한을 반드시 맞출 계획임을 피력했다. 청장은 내가 브리핑을 하는 동안 바른 자세로 앉아 경청하고 있었다. 간혹 고개를 끄덕이며 내 설명을 주의 깊게 듣던 그녀는 브리핑을 마칠 무렵에는 밝은 표정이 되었다. 그녀 역시 타워 크레인의 전복 사고와 자국 업체의 무력함에 속만 태우고 있었던 것이다. 사실 그녀의 입지는 이번 사고가 어떻게 마무리되느냐에 따라 크게 흔들릴 수도 있는 위기였다. 이 공사는 대규모의 중요한 국책 공사였으므로 아무리 유력한 청장이라 하더라도 제때에 끝내지 못하면 책임질 수밖에 없었다. 나는 그녀의 기색이 긍정적인 것을 보고 용기를 얻었다. 청장은 내가 보기에 담대하고 솔직한 여자였다. 나는 내 판단이 옳기를 바라면서 심호흡을 하고 그녀에게 내 입장을 솔직하게 털어놓기로 하였다.

겪어 봤어?

"지금까지 말씀드린 것은 아직 본사와 협의조차 안 된 순전히 제 개인이 구상입니다. 이런 무모한 계획은 우리 회사에서도 아무나 제기할 수 있는 게 아닙니다. 따라서 저는 청장님이 적극적으로 지원해 주시겠다고 약속해 주셨으면 합니다. 저야 막말로 월급쟁이에 불과한 사람이므로, 청장님이 도와주지 않으면 현대를 그만두고 다른 회사로 가버리면 그만입니다. 그다음의 결과가 어찌 될지는 청장님도 상상하실 수 있으리라 생각됩니다." 다행히 그녀는 내 말에 기분이 상한 것처럼 보이지는 않았다. 그저 곰곰이 생각에 빠진 얼굴로 이어질 나의 말을 재촉하듯 바라보았다. 나는 약간 더 자신감이 붙어 말을 이었다.

"아시다시피, 모든 공사를 발주청에서 종용한 대로 현지 업체에 맡긴 것입니다. 그들의 서투른 작업으로 인해 타워크레인이 전복되는 사고가 발생되었습니다. 뿐만 아니라 현지 업체는 지연 만회 대책조차 제시하지 못하고 있는 실정입니다. 부득이 제가 나서서 추가로 중장비를 동원하여 현지 업체를 도와서 공사를 끝내 보려고 하는 겁니다.

"그런데……."

"……?"

"추가 장비 투입에 들어갈 비용을 마련할 방도가 없으니 어쩌겠습니까?" 내 말에 청장은 물끄러미 나를 바라보았다.

나는 가져온 또 다른 서류를 내보였다.

"이 내용은 그동안 발주청의 요청에 따라 이것저것 소소한 변경이나 추가 작업을 기록해 온 것입니다. 내용의 정확성은 추후 검토하더라도, 설계 변경을 인정해 주시고 또 그에 따르는 추가 비용을 지불해 주시겠다고 약속해 주십시오. 그러시면 저도 추가 장비를 들여와서 반드시 전 공사를 끝내도록 하겠습니다." 청장은 말이 없었다.

나는 "신중히 생각해 주시리라 믿겠습니다"라는 말을 마치고 밖으로 나왔다.

며칠 후, 청장으로부터 긍정적인 내용의 회신이 왔다. 벌크 하역 시설 공사에 파란불이 켜졌다는 신호였다. 나는 역시 아무도 떠맡기 싫어하는 해결사 체질인가 보다

겪어 봤어?

내가 본 인도

■ 인도(India)는 어떤 나라인가

인도에는 유적이 많을 뿐만 아니라 역사적인 문화도 엄청 나므로 공연히 몇 마디 꺼내느니 잠자코 있는 게 차라리 실 수를 덜 하지 싶다. 굳이 한마디 하자면 인도는 만만히 볼 나라가 아니라는 것이다.

영국이 해안선을 중심으로 100년간을 지배했기 때문에 영어가 공용어이다.

인도의 영자 일간지는 세계에서 가장 고상한 문체를 사용 하는 걸로 정평이 있다.

미국이나 영국의 유학생도 중국 다음으로 인도인이 제일 많다.

중국인은 외국에서 주로 중식당을 운영하는 부류가 많은 데 비해, 인도인들은 의학, 과학 특히 IC 분야에서 활동하는 사람들이 많다.

인도에는 불교가 없고 힌두교가 지배적인 나라이다.

영화산업이 미국보다 발달된 나라이고 영화배우 출신 장

관이 많은 나라이다.

부자가 많은 나라이다. 인도의 부자는 우리가 보는 부자가 아니다. 엄청난 규모의 성채에 고급 건물이 있으며, 10여 대의 고급 승용차와 무장한 사설 경비 병력이 30여 명이나 근무하는 장원도 있다.

여자는 배에 삼겹살이 있어야 미인 대우를 받는 나라이다. 아무리 예쁘고 늘씬해도 인도에서는 3류이다.

국내 항공로 선이 미국보다 많다고 한다.

몬순의 나라다. 3개월간은 엄청난 폭우가 내리고 나머지 9개월간은 한 방울도 내리지 않는 나라다. 인도의 몬순은 우리네 상식과는 다르다. 이는 인도양에서 조성된 비구름이 히말라야 산맥을 넘기 전에 내려 쏟아붓는 장맛비다. 프리 몬순이라고 6월 15일에 시작되어 보름간 우리네 장마처럼 내리기 시작하다가 7, 8월에는 본격적인 장마철이 되는데, 이때는 우산을 쓸 수 없다. 아래에서 위로 양동이로 끼얹는 듯하기 때문이다. 9월에 들어서면 엔드 몬순이라고 우리네 장마 정도 내리다가 끝난다. 그다음 9개월 동안은 비가 한 방울도 내리지 않으므로 수목이 찌들고 말라서 땅속에 있는 광물성 물질까지 모든 걸 빨아들이는 까닭에 나무색이 자주색으로 나타나는 것이다. 어느 로즈우드 연구가가 실험 삼아 드럼통에 신너를 채우고 로즈우드 나무를 담근 다음 세 번이나 새 신녀로 바뀌도 계속해서 자주색을 띠우더라고 하였다.

바로 이런 기후 덕분에 혜택을 본 수종(樹種)이 있다. 오래전에 영국 동인도회사는 피복지를 염색하는 데 쓰이는, 당시 몹시 귀했던 자주색 물감 염료를 채취하기 위해 인도 동남부 지방에 대규모의 장미목(Rosewood)이라고 불리는 수종의 재배 농장(plantation)을 건설했다. 그게 지금 고급 가구와 기타 제작에 쓰이는 측후판(側后板)재로서 전 세계 적으로 알아주고 있다.

■ 인도의 카스트 제도

인도에 체류한 김에 내가 얻어 들은 카스트 제도에 대해서 몇 자 남기고자 한다. 이는 수천 년간 인도인의 생활을 규율해 온 신분제도로, 세습적 카스트 제도이다. 인도 인구의 약 80%인 힌두교를 기준으로 한다. 이런 케케묵은 제도를 영국 식민시대에 영국 상인들의 교역상 교묘히 활용해서 사성 제도를 북돋았다는 설도 있다. 크샤트리아 계급과만 잘 협상하면 되었으므로 간편한 방법이었지 싶다.

- 브라만(Brahman) :
  바라문(婆羅門)은 종교 · 문학 · 전례(典禮)를 직업으로 하는 최고 승려계급이다. 전체 인구의 약 4%.

- 크샤트리아(Kshatria) :

찰제리(刹帝利)는 바라문 다음가는 지위로 무력으로 서
민을 거느리고 정치를 하는 왕족·군인 계급이다. 왕, 귀
족, 무사.

- 바이샤(Vaisya) :

비사(毗舍)는 찰제리 밑에서 상공업에 종사하는 계급으
로 자영농, 상공업자들이다. 바이샤와 크샤트리아가 전
체 비율의 나머지를 차지한다고 한다.

- 수드라(Shudra) :

수다라(首陀羅)는 최하위의 계급으로서 농업·도살(屠
殺) 등 천한 직업에 종사하는 육체 노동자 천민 계급이
다. 전체 인구의 약 25%.

- 찬달라(Chandala), 달리트(Dalit), 하리잔(Harijan) :

위의 4계급으로 나누어진 체제에 속하지 못하는 사람들
을 일컫는다. 제5계급인 불가촉 천민은 인도의 잔역에
거주하며 총인구의 16%에 달한다. 이들은 청소, 세탁,
이발, 도살 등 가장 힘들고 어려운 일을 담당하며 거주
직업 등에서 엄격한 차별 대우를 받아 왔다.

수드라 계급과 헷갈릴 수도 있지만 다르다. 수드라 계급
은 사회적으로 천대받을지언정 힌두교 사회를 구성하는

하나의 계급으로 인정되지만, 불가촉 천민은 아예 계급 외의 불경한 존재로 취급받는다. 전통적인 힌두 사회에서 이들은 몸의 어느 곳이 남에게 닿아서도, 상위 카스트에 말을 걸어서도 안 되는 존재이다.

1955년에 불가촉 천민법이 제정되어 찬달라 계급에 대한 종교적, 직업적 사회적 차별을 금지하고 있다, 현재 인도에는 약 1억 명이 넘는 찬달라가 있는데, 정부에서는 입학이나 취업 시 일정 비율을 이들에게 배정해 주는 혜택을 주고 있으며 찬달라 출신의 장관도 배출된 적이 있다. 선거 때 이런 사회적 약자를 정치적으로 이용하는 입후보자도 있으며, 법이 미치지 않는 곳에서는 찬달라에게 주는 혜택에 대한 반발로 상위 계급들에 의한 집단 테러도 간혹 발생한다.

이처럼 법적으로는 차별이 금지되었으나 인도 전역에는 아직도 카스트의 영향력이 남아 있어 종교적, 문화적, 사회적으로 차별을 받으며 절대적인 가난 속에 살고 있다.

찬달라 중에는 평생 거처할 집도 없는 사람들도 많다. 그릇 한두 개 외에는 챙길 만한 짐도 없으므로 아무런 담벼락에나 검정색 비닐 쪼가리를 치고 그 안에서 잔다. 언젠가 인도의 수도 뉴델리에 갔더니 열두어 명의 여자가 보행자 도로에 모여서 앉은 채로 자는 모습을 본 적이 있다. 내가 잘 못 봤는지도 모르지만 수도자도 아닌데 어째 그런 일이 있을 수 있는지?

6부

마지막으로 찾은 나라
싱가포르

선텍시티 국제회의 및 전시장 신축 공사
3년 (1990~1993)

선텍시티 국제회의 및 전시장 신축 공사

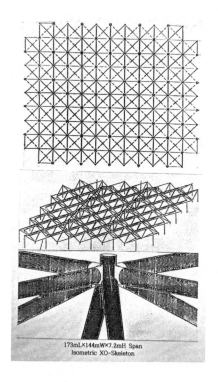

173mL×144mW×7.2mH Span
Isometric XO-Skeleton

Suntec City는 내가 해외에서 마지막으로 주관한 종합건축공사이다.

※ 후진들을 위해서 비교적 상세하게 기술하였다.

선텍시티 신축 공사의 정식 명칭은 'Singapore International Convention & Exhibition Center'로 해석하면 '싱가포르 국제회의 및 전시장'이 된다. 공사 현장의 위치는 창이 공항으로부터 해변도로를 달려 중심가로 막 들어오는 관문에 있다. 바로 왼쪽 옆에는 현대건설에서 완공한 팬 패시픽(Pan Pacific) 호텔이 있다.

선텍시티 신축 공사는 현대건설과 쌍용건설이 컨소시엄으로 수주한 공사로 현대건설 지분만 9억 불에 달하고 총공사비는 약 11억 불이었다. 이 공사는 그동안 한국 건설업체가 해외에서 수주했던 순 건축 공사 중에서는 가장 큰 규모였다. 연 면적이 근 16만 4천 평(540,000㎡)에 달하는 대규모 공사이다.

이는 홍콩의 7대 재벌들이 1997년 홍콩의 중국 반환에 대비한 자본 이전의 일환으로 합작 건립한 초대형 복합건물 단지 조성 공사로, 서울의 코엑스(COEX)와 일산의 킨텍스(KINTEX)를 합친 규모와 거의 비슷하다. 선텍시티는 싱가포르의 대표적인 복합건물 단지 중의 하나로 부상한다. 선텍시티 개발 공사(Suntec City Development)가 전체공사를 5개의 패키지로 나누어 발주한 바, 발주처는 전 공사를 패스트 트래킹(Fast Tracking) 방식으로 건축가와 구조 컨설턴트가 작성한 기본 디자인만 가지고 상세도면과 공작도면을 수주업체가 작성해야 하는 어려움도 있었다.

그중에 P3B&P4 입찰 시 컨소시엄을 구성하여 타워 2개 동만 쌍용에게 내어 준 이유가 있다. 1986년에 쌍용건설은 인근 광장 건너에 래플스 시티라는 공사를 완공하였다. 그 중에는 74층에 달하는 싱가포르에서 제일 높은 호텔 건물도 지어 명성이 자자했다. 발주처는 이 양대 한국 건설기업에 선의의 경쟁을 유도하고자 한 걸로 보인다.

1995년 8월 30일에 열린 건물 개관식은 이광요 싱가포르 전 수상이 참석한 가운데 성대하게 이루어졌다. 이어서 8월 31일에는 직경 22m인 금반지 형상의 분수대 및 주변의 국제 식당가에 대한 낙성식이 개최되었다. 선텍시티 국제회의장과 전시장(이하 대회의장으로 호칭)은 싱가포르 건설 개발위원회에서 제정한 실업 및 사무용 건물 설계 부문에서 최우수 건물 설계상 본상을 수상하였다. 싱가포르 정부는 선텍시티 완공 기념으로 4종류의 우표를 발행하여 1995년 1월 11일부터 시판하였다.

■ 철골 공사의 규모

그중 대회의장이 철골 구조로 되어 있어 그걸 제작해서

조립하는 공사가 이번 3차(P-3A) 공사이다. 8층 대회의장은 13,000명을 수용하는 초대형 연회장으로 무주공간(無柱空間, 폭 80m×길이 144m)이 있는 게 특징으로 바닥 면적이 축구장의 3배가 넘는다. 천장높이 10m의 지붕틀은 철제튜브로 조립한 폭 144m×길이 173m의 스페이스 프레임(Space frame) 구조인데 중량이 1,800톤, 2차 지붕틀(Secondary Roof Frame)이 700톤에, 6층까지 H형 철골 구조물이 15,500톤이므로 전체 철골 중량은 총 18,000톤에 달한다.

· P-1 : 일본 업체, 터파기 및 Pile 공사
· P-2 : 일본 업체, 지상 일층 바닥까지 하부 구조(Substructure) 공사
· P3A : 현대건설, 국제회의장 및 전시장, 1991.1.15. 착공 ~ 1992.9. 완공, 연 2만8천9백20평, 5천4백50만 불
· P3B&P4 : 현대건설과 쌍용건설의 컨소시엄(85%:15%), 18층 사무실 연 1만6천4백50평, 45층 사무실 건물 2개 동 연3만7천400평, 1992.4. 착공 ~ 1995.6.30. 완공. 8억 4천5백68만7천 불
· P-5 : 현대건설과 쌍용건설의 컨소시엄(55%:45%), 5층 오피스타워 1동, 3층 포디움(위락시설, 극장가, 상가),

약 43,000평, 1995. 1. 착공 ~ 1997. 7. 완공.

· 현대 분 계약 고 : P-3A + P-3B&P-4 + P-5 = 9억18만7천
불(컨소시엄 계약 총액은 대략 11억 불이다. 현대건설
50년사와 한양대학 CMCIC가 발간한 해외 건설사의 기
록이 필자가 보유한 기록과 차이가 있으나, 이게 맞는다
고 생각된다.)

■ 공사의 배경

원래 이 공사는 일본 굴지의 건설업체가 1, 2차 공사를 수
주하여 시공하던 중 3차 공사 입찰 시 현대건설에서 경쟁력
있는 가격과 특히 공기 단축의 이점을 제시함으로써 낙찰된
공사이다. 실시 설계, 제작 및 운반 기간을 고려할 때 공사
기간이 아주 빠듯하였다.

경쟁업체였던 일본 건설회사는 건물 외부 지상에서 초대
형 크롤러 크레인(Crawler Crane)을 사용하여 상하부 철 구
조물을 설치하는 것으로 제안 하였던 바 스페이스 프레임의
조립 시까지 장비의 작업 반경 내의 하부 철골 구조물이 완
료되지 못하므로 6층 콘크리트 슬라브 공사 및 2차 지붕틀
의 설치를 각각 별도 공기에 산정한 평범한 계획이었다.

현대건설의 경우 내부에는 정치식 타워 크레인, 외부에는

이동식 타워 크레인을 배치하여 6층 이하의 철골 구조 전체를 조립하고, 특히 6층 슬라브를 선행공정으로 계획하여, 2차 지붕틀을 6층 이하의 슬라브 공사와 병행 작업함으로써 공사 기간을 단축하고자 하였다. 이를 위해 입찰 시 이동식 타워 크레인의 기초에 필요한 보강 파일을 건물 외부에 선 시공하는 조건을 제시하였다.

■ 일본 업체의 방해

입찰에 실패한 일본 업체는 현대 측에 협력할 마음이 없었다. 마침 공기 지연 클레임으로 발주처와 투쟁이 시작되자, 구제 방법을 모색하던 중 현대건설을 끌어들이기로 작정하고, 타워 크레인용 기초 보강을 핑계로 지연 책임을 현대 측이 수용해 주지 않으면 파일(Pile) 시공을 거부하겠다고 발주처와 현대건설에 통보하였다. 순간적으로, 당초 계획했던 타워 크레인의 설치 계획이 좌초되자, 이를 설득하는 데 시간만 자꾸 흘러갔다.

건물 외곽에 크롤러 크레인을 배치하면 작업은 가능하나, 350톤급의 초대형 장비를 8대나 신규로 동원하려면 예산도 공기도 모두 초과될 뿐만 아니라, 경쟁업체의 공사 계획을 모방하는 모양새가 되어, 낙찰의 명분이 없어지므로 채택하기 곤란한 입장이었다.

■ 발상의 전환

절망적인 상황 속에서, 기술진들이 한자리에 모여 원점으로 돌아가서 모든 가능성을 다시 분석하고 토의하기 시작했다.

- 착안점 1 : 당초 계획에도 2차 지붕틀(Secondary roof)은 6층 슬라브에서 소형 장비로 설치하게끔 되어 있었다.
- 착안점 2 : 해외에서는 격납고를 지상에서 조립한 후 리프팅-업(Lifting-up : 떠받치기) 하는 사례가 더러 있었다. "지상에서 조립하나 6층 바닥에서 조립하나 뭐가 다를까?" 누군가 중얼거렸다.

"뭐라고? 리프팅 업? 바로 그거다!" 그야말로 신선한 충격이었다. 머리를 한 대 얻어맞은 듯한 느낌이 들었다. 너무도 당연하고 합리적인 공법이 기다리고 있었다. 다시 말해, 일본 업체나 현대나 원래부터 계획이 잘못되어 있었다. 리프팅-업 공법은 바로 이와 같은 상황을 위해 개발된 것이었다. 우리는 즉시 이를 추진하기 위한 작업 계획을 세웠다.

겪어 봤어?

그동안 그렇게 끙끙거린 것이 거짓말같이 느껴질 정도로 모든 일이 순조롭게 해결되었다. 이번 일은 무슨 일이든 **'발상의 전환'**을 하면 뜻밖의 해결책을 발견할 수 있다는 교훈을 준 사례였다. 직원이 리프팅-업에 관한 아이디어를 떠올리지 않았더라면 일은 그렇게 쉽게 끝날 수 없었을 것이다. 그러나 처음으로 돌아가서 상황에 맞춰 되짚어 가며 고민하자 답이 나온 것이다. 볼트 접합도 아닌 용접구조물을 고공(高空)에서 정확하게 조립하겠다는 발상 자체가 처음부터 무리였음이 그 이후 작업 수행 과정에서 드러났다.

■ 개선 사항

거대한 입체식 용접 구조물이므로, 전체 스페이스 프레임의 중심축으로부터 좌, 우, 종, 횡으로 조립하므로서 전체 장간(Span)의 변위를 균등하게 분산시켰다.

6층에 가설 방향 받침대를 설치하고 입체적 측량에 의해 그 위에서 직접 조립하므로 샵(Shop)에서 하는 가조립 공정이 제외되었다.

고공 작업이 아니므로 작업이 안전하고 신속할 뿐만 아니라, 품질관리를 균질하게 할 수 있어서 정밀도가 크게 향상되었다.

대형 구조물에 요하는 온도 변위, 측정 및 보정이 현장에서 가능하여 거의 완벽한 결과를 이루었다.

비교적 소형 장비에 의존하였으므로 편의성과 예산 절감에도 기여하였다.

6층 상부와 하부의 작업을 병행하므로써 주변의 여유 공간이 넓어져서 모든 작업이 안전하고 순조롭게 진행되었다. 간단한 발상에 의해 6층 바닥에서 스페이스 프레임을 조립하게 되자 후속 공사인 마감 공사 기간 단축에도 기여하였다. 2개월의 공기를 단축하여 발주처도 찬사를 아끼지 않았고 이에 대한 포상도 받았다.

■ 교훈

완전한 계획이란 없다. 현장 상황에 따라 고심하고 연구할 때 의외로 합리적이고 성공적인 공법을 창출할 수도 있다. 우리가 막연히 경외하던 해외건설업체 특히 일본 업체와 경쟁한 결과, 그들이 기획 면에서 우리보다 뒤떨어질 수도 있다는 자신감을 갖게 되었다.

■ 본 프로젝트는 3가지 세계 기록을 낳은 바

· 13,000명이 무주공간(無柱空間)에 착석 가능한 대연회
　장 : 발주처, 설계자
· 관말접합부(Node)의 최대형 실물 응력테스트 : DNV
· 1,800톤의 일체식 스페이스 프레임을 6층에서 리프팅-
　업(Lifting-up) : 현대건설

■ 유감

어디를 찾아봐도 이 거대한 프로젝트를 처음 구상한 설계
자의 이름을 찾을 수 없었다. 우리나라도 그 화려하고 엄청
난 궁궐을 세운 도목수의 기록이 어디에 남아 있는지 모르
겠다. 나는 작은 기타(Guitar) 한 대를 만들어도 먼저 설계,
제작한 자신을 밝히고, 처음 받아 간 이의 이름을 기타 책에
도 기록하였다.

참고로, Space Frame에 관해서 CIDB(Construction In-
dustry Development Board)에 제출된 보고서를 아래에 원
문 그대로 인용하여 소개한다.

Space Frame Roof Design :

The roof of the Singapore International Convention and Exhibition Centre with overall dimentions of 173m by 144m is an architectural signature of Suntec City.

The roof structure comprises an external fully exposed Space Frame(exoskeleton) and a series of secondary roof structures suspended from the exoskeleton, to which the roof cladding are attached.

Th roof exoskeleton is essentialy a single layer 7.2m deep Space Frame with a square on square diagonal lopology, with a Node spacing of 20.36m.

The basic frame is extended to form two intermediate spine trusses in order to optimise the aspect rule of the frame throughout the central 173m × 86.4m clear span.

Around the perimeter of the roof it is also partially extended to facilitate the suspension of secondary roof panels along the edge of the building.

겪어 봤어?

Made up of tubular sections ranging from 400 to 900mm diameter, the exoskeleton is a fully welded structure using special purpose designed nodal assemblies and is supported at a total of 28 points, 18 around the perimeter of the building and 10 internally.

Secondary roof structures are supported from hangers projecting below the exoskeleton nodes.

The overall configuration of the exoskeleton is illustrated in the isometric view shown in [Isometric Figure]

Design of the exoskeleton :
Space frame

The space frame was analysed using the Structural Analysis Program SAP90.

The frame was analysed assuming fixed concentrically load nodes, exept for the spine truss top chord nodes, which are required to have a 200mm vertical eccentricity. Vertical loading is applied at the top and bottom nodes of the space frame in line with the actual loading pattern from the secondary roof structures, and support conditions simulate the actual roof articulation.

Lateral wind loading on the roof is applied eccentrically to the nodes via the secondary roof structures hangers and the extended support stubs.

Tubular members are designed in accordace with the current additin of API(RP2A) 'Recommaended Practice for planning, Designing and Constructing Fixed Offshore Platformes'.
This approach, although perhaps more stringent than BS5750, was considered scale of the roof frame.
The effective length of compression elements was taken as the full distance between nodes centres in view of the node detail adopted.

Tubular member sizes range from 400 to 900mm diameter with wall thickness varying from 10mm(taken as a practical minimum for general construction robustness weldability) to 32mm with a mixture of Grade 43A and

500 steel for minimum overall weight.

Node assemblies :

The connection of frame tubes of thos size required the development of special node assembly, comprising a vertical thick walled cylinder with plate stub tube connectors,

The final arrangement in shown [Isometric Figure] was chosen for its simplicity of fabrication and architectural merit.

The roof frame has a total of 100 of these standard nodes ; 38 non-standard nodes are located mainly in spine trusses and the perimeter roof hangers.

At the spine truss locations, additional in-plane inclined and vertical members leadthe use of more conventional gusset plate with a non-structural nodal can for architectural purposes.

The diameter of the structural node cylinders was chosen to be as compact as possible within the constraints

of having sufficient space for up to 10 tubular connections and the architectural requirements.
The diameters chosen were 600mm(standard) and 300 and 770mm (non-standard).

The design of the node was developed firstly by preliminary analysis as a ring frame subject to point loads and then refined by linite element analysis.
Furthermore, because of the unconventional nature of the structure, full-scale load testing has been undertaken on typical nodes to verify the design in respect of the strength and stiffness of the overall node assembly.

Roof Supports :
At each of 20 locations, the frame is supported on a single disc or continued elastomeric bearing with load capacities up to a maximum of 1,000tonnes (space truss supports).

The bearing will be required to accommodate rotations and translations due to vertical loading and thermal changes of the exoskeleton in the order of 60 (- 5C to + 55C about a mean of 25C).

As the secondary roof structure is suspended below the exoskeleton, the support for the main frame are required to be eccentric from the nodes by as much as 2,000mm, and the moments generated by this eccentricity due to horizontal wind loading and bearing friction effectes (taken as 5% × DL reaction) must also be accommodated by frame.

상량식

드디어 1991년 초여름에 컨벤션 센터 철골 스페이스 프레임의 상량식을 하게 된다.

철골 지붕틀은 8층의 10m 높이에 철제튜브로 조립한 스페이스 프레임(폭 144m × 길이 173m)으로 총중량이 1,800톤에 달한다. 이 지붕틀을 들어올리기 전에 마지막 부재를 프레임에 연결하는 행사가 상량식이다.

Mr. Tan Sri Frank Tsao(선텍시티 개발 공사 회장), Mr. Anthony Yeh(P/D) 및 홍콩의 7대 재벌 오너들도 참석해서 Tsao 회장이 상량할 마지막 보(Beam)에 나와 함께 서명하였다. 8층 옥상에서 간단한 칵테일 파티가 있었고, 여흥으로 본사에서 보내준 사물패가 공연하였다. 오너들은 컨벤션 센터 건물의 웅장함과 공기 단축까지 실현 한 데 대해 진심으로 감사해 마지않았다.

이 행사에 이어서 추가로 4차 공사(P-3B&P-4)의 계약의향서(LOI-Letter of Intention)를 받고자 현대건설의 건축사업본부장이 홍콩에서 열린 회의에 참석했을 때, 선텍시티의 오너들과 발주처에서 뜻밖에 나를 선텍시티 공사 총괄 책임자로 지명하였다. 전례가 없는 일이었다. 일반적으로 건설 회사는 5억 불이 넘는 규모의 공사에는 전무급 소장을 배정하는 관행이 있었는데, 그보다 두 배 이상이나 큰 규모를 내가 맡게 된 것이다.

그런데 심각한 문제가 생겼다. 계약하려면 주 거래 은행에서 총공사비 11억 불의 10%에 해당하는 수행보증을 받아야 하며 이를 받지 못하면 계약이 무산되고 만다. 그러나 한국계 은행으로부터 수행보증을 거절당했다. 고 정주영 명예회장이 대통령 후보로 출마한 여파라고 짐작되었다.

앞이 캄캄해졌다. 생각다 못해 본 공사의 소유주인 홍콩의 7대 재벌을 찾아 나섰다.

결론을 말하면, 수행보증을 서 준 은행의 소유주가 바로 선텍시티의 소유주라니, 자기네 공사의 수행보증을 자기들이 서 준 셈이다. 오너와 발주처의 절대적인 신뢰가 없었다면 계약이 무산될 뻔했다.

속도 조절

공사부 사무실 밖 복도를 지나가는데 안에서 "탁"하는 소리가 들렸다. 유리창으로 들여다보니 45층짜리 타워 2개 동을 맡고 있는 공구장이 현지 협력업체 책임자를 상대하고 있었다. 공사부 사무실은 유리창을 통해서 들여다볼 수 있게 되어 있다. 쌍용이 맡은 2개의 타워와 경쟁적으로 상부층을 빨리 올리기 경쟁 중이었다. 협력업체가 따라오지 못하자 홧김에 워키토키를 책상에 때려 박은 것이다. 며칠 후 그 공구장이 보이기에 약간 타일렀다.

"싱가포르 협력업체 사람들은 한국인만큼 대가 세지 못하니 너무 야단치지 말고 살살 다루라."고. 조금 있다가 공사부장이 들어와서 항의한다.

"현장에 잘못된 게 있으면 얼마든지 저를 야단치시고 아래 직원들은 가만 놔 두세요." 그야말로 대단한 자존심의 공사부장이다. 이래서 공사가 되는 것이다.

45층 타워의 골조 신축은 속도가 너무 빠른 감이 들었다.
쌍용과 현대 간에 경쟁이 일자, 처음 시작할 때는 6일 만

겪어 봤어?

에 한 층씩 올라가더니, 다음에는 5일에 한층, 최근에는 4, 5일에 한 층을 올리느라 공구장들의 눈이 파래졌다. 공기가 늦어진 것도 아니고 저층부 외부에서는 알루미늄 새시 설치를 이미 시작했으므로 고층 건물에서 진행하는 마감 공사에는 아무런 지장이 없었다. 우리는 이미 선행 공정에서 2개월이나 앞당기고 있었다. 다른 현장 소장들은 공사의 진도를 내기 위해 공구장들 간에 경쟁 시킨다지만, 쌍용건설과 속도 경쟁을 해서 도움이 될 일이 아니었다. 작업의 품질도 의문시되지만 무엇보다 안전에 신경이 쓰였다.

슬라이딩 폼(Sliding form)을 밀어 올리기 전에는 반드시 외부에 있는 원점 벤치마크에서 매층마다 수직선 체크를 해야 한다. 아무리 철골 기둥이 버텨 주고 철근 콘크리트의 강도가 400N/㎟이라 할지라도 너무 일찍 진동을 주는 건 바람직하지 않다. 전에도 일본 건설회사에서 인수받은 각 기둥의 측점에 오차가 발견되어 초고압수(Jet-water) 분사 방식으로 방금 시공한 기둥 한 개를 잘라 낸 적도 있었다.

나는 쌍용건설 소장과 협의하여 자칫 사고라도 날까 염려되니, 앞으로는 5일에 한 층씩만 올리고, 회사 간의 무리한 경쟁은 자제하기로 타협을 지었다. 내가 쌍용과 현대의 컨소시엄 의장이어서 가능하였다.

자조의 한숨

선텍시티에 건축되는 4개 동의 45층 타워 건물의 외장은 커튼 월(Curtain wall) 시스템이다. 이는 대형 알루미늄 새시 패널을 외부에서 건물 구조에 연결해서 매다는 공법이다. 오너가 중국계 홍콩 재벌이므로 중국산 화광석 패널을 새시에 설치해 달라는 요청이 들어왔다.

"이게 무슨 생뚱맞은 주문이냐?" 석재에 대해서는 나도 좀 알기에 속으로 염려가 되었다. 화강석은 매혹적인 무늬가 없는 평범한 석재로 단단하여 벽석으로도 사용은 되지만 주로 바닥석이나 도로 경계석으로 쓰이는 재료이다.

그동안 나도 고급 대리석 공사 시공 경험은 좀 있었다. 사우디 왕궁의 거실은 먼저 일 인치 두께의 내수 합판을 전체적으로 깔아서 고정시키고 나서, 컴퓨터로 각양의 색상과 무늬가 조합된 화려한 디자인을 완성한 다음, 설계도에 표시된 대로 일반 타일만큼이나 얇고 정교하게 재단된 대리석을 접착제로 부착시킨다. 그러면 그 위를 걸을 때 충격이 덜하다고 한다.

그러나 화강석은 무거워서 커튼 월에는 적당치 않은 걸로

겪어 봤어?

알고 있었다. 게다가 불로 지지면서 곱게 다듬어 무광 마감을 해 달라는 것이었다. 불가능한 일은 아니겠으나 45층이나 되는 외벽에서 균열이 생겨서 땅으로 떨어지면 어쩌나 하는 걱정이 앞섰다. 중국 본토에 있는 대리석 가공공장에 직원을 보내 검사를 시켰다. 직원으로부터 전화가 걸려 왔다.

"소장님, 화강석이 너무 근사하고 공장 시설도 완벽해요."

오너는 이미 알고 있었다.

견본으로 가져온 화강석은 흔한 이태리 대리석보다 훨씬 아름다울 뿐만 아니라, 내가 평생 처음 보는 꽃송이 문양이었다. 경도가 강해서 두께도 대리석보다 3/4쯤 얇게 가공할 수 있어 낱장의 무게도 비슷하였다. 표면을 불로 지지는 방법은 기계에 의해 순간적으로 가열하므로 석판이 갈라질 염려도 없었다.

오늘날 중국에는 마천루의 숲이 우거지고 있다. 전에 사우디에서도 봤지만, 세계적인 대리석 수출국 이태리에도 드문 최신형 대규모 석재 가공 및 연마시설을 중국에서 이미 가동하고 있었다. 단적으로 말할 수는 없지만, 그 무늬화강석의 가공 기술만큼은 벌써 한참 전에 우리 기술을 앞서고 있었다.

국내 현장 12년에, 해외 현장 18년, 도합 30년간의 건설 경험이면 충분한 줄 알았는데, 바로 옆에 눈부시게 발전하는 나라가 있는데도 몰랐다니.

"하... 내가 도가다를 헛했구나!" 하는 자조의 한숨이 나왔다. 우리는 공사 수행에 결코 도움이 못 되는 선입견이나 고정관념에서 벗어나야 한다.

에필로그

■ 민원

발주처와의 관계는 좋았으나 수월하지만은 않았던 공사였다. 컨벤션 센터의 철골 구조물이 거의 다 되어 철부면을 도장 중에 팬 패시픽 호텔 측에서 관할 경찰서에 민원을 제기하였다. 이유인즉 현대에서 철골 구조에 뿌리는 페인트가 호텔 앞 주차장에 떨어져서 주차된 고급 승용차를 버린다는 것이었다. 담당 조사관이 현장을 찾아와서 현장의 상황과 주위에 쳐진 보호 장막을 꼼꼼히 검사하고 나서 몇 마디 주의를 주고 돌아갔다.

며칠 후 경찰서에서 답변 공문을 호텔로 보내면서 우리 현장에도 사본을 배부하였다. 조사관의 의견은 현장을 조사해 본 결과 현대건설에서는 법규에 따라 모든 펜스와 보호 장막을 제대로 설치하였으며 풍향도 반대 방향으로 되어 있으므로 하등의 시정할 만한 사항이 발견되지 않았다는 것이다.

다만 현재의 상태를 보다 철저히 유지하도록 주의를 환기

시켰으니 그리 알라는 것이었다. 법이 살아 있는 참 좋은 나라라고 감탄하였다.

▪ 투서

현장을 돌아보는 중에 작업장 통로에 철근이 삐죽 튀어나와 있기에 "이게 뭐지?" 하고 물었다. 옆에 서 있던 직원이 '네, 그건 22mm 이형철근입니다.'라고 대답하였다. 돌아오면서 나는 "저 친구가 아직 감을 못 잡네" 하며 말하였다. 내 말은 철근이 튀어나와 있으면 위험하다는 뜻이었다. 이건 그동안 왕회장님으로부터 누누이 배운 것이다.

그 직원이 휴가를 가자 관리부장이 본사에 연락하여 현장 복귀를 막아 버렸다. 해외 현장의 의무 근무 기간 내에 현장에서 퇴출되는 건 옐로우 카드를 의미한다. 그 친구는 나에 관한 투서를 감사실에 제출하였다. 본사에서 나온 감사는 그럭저럭 넘어갔지만. 관리부장이 그 직원을 그렇게 처리할 일은 아니었는데, 지금도 생각하면 미안하기 그지없다.

▪ 직원들의 출퇴근 차량 확보

본사에서 동원되는 직원이 70명이었다. 현장에는 영국인 직원 5명, 싱가폴 직원 25명, 인도 등 동남아인이 18명, 피크 때 모두 118명이 동원되었다. 그중에 출퇴근용 승용차가 필요한 사람이 75명이나 되었다. 본사의 동원 예산은 간단히 75명×1대/2인당 = 38대였다. 그러나 막상 현장에서 차를 배정하려면 간부급, 영국인(계약상), 엠블런스와 버스 등을 우선 제외하면 4명이 한차를 타기에도 부족하였다.

헤아려 보니 하청 계약 대상의 협력업체가 100개 업체나 되었다. 첫 번째 계약 규모가 제법 큰 협력 회사와 내 사무실에서 만날 때 사장과 몇 사람이 수행하였다. 우리 쪽에서도 공무부장, 관리부장과 경리과장이 배석하였다. 차를 마시면서 덕담을 나누던 중에 내가 말을 꺼냈다.

"대규모 프로젝트를 원활하게 운영하려면 보이지 않는 자금이 필요한데 귀사에서 리베이트를 제공할 용의가 있으신지?" 그쪽 사장이 피식 웃으면서 이미 생각하고 있었다는 듯이 선뜻 "2%면 되겠느냐"고. 공무부장이 얼굴을 붉히면서 저XX가 10만 달러만 깎아도 계약을 포기하겠다고 하더니 이게 웬 말이냐고?, 관리부장은 잠자코 의심쩍은 눈초리로 나를 바라본다. 이윽고 타결이 되자 내가 말했다.

"공무부장은 매월 기성고 검사 시 남길 금액을 확인하고, 관리부장은 공사가 끝날 때까지 소요 차량을 배분해서 시중에서 임대하도록 하라."

협력업체 사장의 눈빛이 달라지며 존경하는 표정을 짓는다. 공무부장과 관리부장은 대만족하였다. 직원들의 출퇴근 차량의 불편이 해소될 때까지 몇 번 더 본의 아닌 제안을 할 수밖에 없었다.

■ 귀국

선텍시티 마감 공사를 본 궤도에 올려놓으며 18년간의 해외 현장 생활도 끝이 보이기 시작했다. 아내가 유방암으로 시내 엘리자베스 메디컬 센터에서 수술을 받았다. 담당 의사가 엉뚱한 얘기를 한다.

"고독도 암의 원인이 될 수 있다."고. 그 얘기를 듣는 순간 앞으로는 24시간을 아내와 함께 지내야겠다는 생각이 문득 떠올랐다. 어언 근무한 지 3년이나 지났으므로 나는 공사 현장을 후임 소장에게 인계하였다.

그동안 현장에서 나와 한솥밥을 먹었던 직원들이 배웅을 나와 주었다. 기억나는 것은 그날 하늘이 몹시 맑았다는 것이다. 18년간의 해외 생활을 마치던 날, 비행기는 수십 번 그래 왔던 것처럼 힘차게 떠올랐다.

싱가포르 의사의 권고를 들은 지 일 년 만에 마침내 집으

로 온전히 돌아왔다. 아직은 이른 나이인 55세 때 정든 회사
에 사표를 던지고 자유인으로 돌아왔다.

내가 본 싱가포르

■ 날로 발전하는 싱가포르

1997년에 영국이 100년간 조차했던 홍콩을 중국에 반환
하면서 당샤오핑이 일국 양체제로 향후 50년간은 홍콩을 종
전과 같은 영국법으로 다스리도록 합의한 건 잘한 일 같았
다. 그럼에도 불구하고 중국 정부가 홍콩 시장에 친중국 인
사를 선발하게끔 영향력을 행사하고, 2차에 걸친 시민들의
시위를 억압한 걸 시점으로 점차 홍콩을 중국 법에 의해 다
스리려는 정책을 펴고 있는 건 시기상조인 듯싶다.

100년의 서구식 삶의 역사를 지닌 홍콩인들을 급격하게
중국 체제하에 몰아넣는 것은 받아들이기 쉽지 않은 일이
다. 따라서 지금 홍콩에서는 금융, 대기업, 중소기업과 민간
인까지 10% 이상이 썰물처럼 탈중국화 현상이 일어나, 자
칫 홍콩이 사라질 위기의 조짐을 보이고 있다. 중국인들이
독립시켰고 영어와 중국어를 공용어로 사용하는 싱가포르
야말로 홍콩인들에게는 가장 선호하는 나라일 수밖에 없다.
이에 대비하여 싱가포르 정부는 밀물처럼 올라오는 홍콩인

들을 수용하려고 분주하다. 이를테면 해안을 매립하여 국토를 확장하는 미래형 사업도 그중의 하나라고 봐야 된다.

■ 법이 살아 있는 나라

어느 날 직원 회식 자리에서 술을 권해도 굳이 사양하는 직원이 있었다. 우리 직원이 먹자골목에서 약간 취해 가지고 나와서 승용차를 타려는 참이었다. 근처에 있던 교통경찰이 오더니 면허증을 보자고 해서 보여 주었다. 다음에는 조금 걸어 보라고 하였다. 비틀비틀 몇 걸음 걸었더니 좋다고 가라고 하였다. 직원이 해변도로를 달리면서 보니 그 경찰차가 계속해서 따라오고 있었다. 진땀이 흘렀다. 간신히 아파트에 도착하여 진입하니까 그제야 경찰차는 유턴하여 돌아가는 것이었다. 경찰은 우리 직원이 약간 취한 듯해 보이니 에스코트 해 주기로 하였던 것이다.

어느 직원이 교통법규를 크게 위반하여 2주간의 면허정지 처분이 났다. 경찰은 가까운 파출소에 가 보라고 하였다. 파출소에서 백지를 내놓고 출퇴근 시간과 주행 시 약도를 그리라고 하기에 하라는 대로 해서 제출했더니 그 종이에 서명해 주면서 이외의 운행은 정지되었으니까 걸리면 가중

처벌 받는다고 주의하라는 거였다.

밥은 먹고 살라는 취지였다. 외국인이 경미한 신호위반
교통 규칙 위반에 걸렸을 때는 먼저 운전 면허의 유무를 확
인하고 면허증이 있으면 구두 경고 처분만 하고 보내 준다.

■ 재미있는 나라다

분명 자유민주주의 국가로서 자유무역을 시행하지만, 사
회주의의 독선적인 경향도 있다. 만년 여당이 독주해도 국
민들의 불만이 없는 나라다. 장관이 "오케이" 해도 말단 공
무원이 "노우" 하면 승인이 안 된다. 법만 잘 지키면 모든 것
이 자유인 나라이다.

국책으로 농사를 포기한 나라다.

말레이시아와 지척에 다리로 연결되어 있다. 이 다리를
통하여 원수(原水)를 끌어서 정수하여 사용하고, 그 대가로
말레이시아로 정수를 보낸다.

지하철 개통 이후 껌을 금지하였고, 에어컨을 켠 실내에
서 담배를 피우면 고발된다.

주차장에서 주차선을 밟으면 딱지를 뗀다. 도로와 주차장
의 증가율에 따라 승용차의 수입량을 통제하므로 승용차 가
격이 한국의 5배나 된다.

최고 물가와 최저 물가가 공존하는 나라로 쇼핑의 천국인 반면에, 서민의 경우 50만 원이면 한 달을 살 수 있다. 에어컨과 보일러가 없는 집이 꽤 많은 나라이며 티셔츠 한 벌이면 일 년을 지낼 수 있다.

창이공항에서 나와 해변도로를 따라 똑바로 달리면 오차드 스트리트(Orchard Street)라는 백화점들이 늘어서 있는 번화가에 다다른다. 이 중심가에서 남북으로는 초현대식, 동서쪽으로 나가면 토착 원주민들의 삶을 만나 볼 수 있다. 대부분의 방문객은 남북으로 오가면서 쇼핑과 맛있는 요리만 즐기고 돌아가는 듯하다.

■ 친절한 싱가포르 사람들

싱가포르에서 오래 산 것도 아니고 항상 업무에 쫓기는 상황이었으므로 내가 보고 느낀 것은 제한적이다. 다만 이런 점은 우리도 배워야겠다고 생각한다.

처음 백화점에 넥타이를 사러 들어가서 마주친 진열대에 서 있는 점원에게 물었다. 그녀는 내 손을 잡을 듯 에스컬레이터로 안내하더니 이걸 타고 올라가면 바로 우측에 있다고 하는 것이다. 거의 다 올라가서 아래를 내려다보니 그녀가 웃으면서 오른쪽을 가리키며 바로 거기라고 손짓을 하였다.

친근감이 생기자 나는 저녁을 함께 하겠느냐고 물었다. 그녀는 반색하며 친구 한 명과 동행하고 싶다고 말하였다. 저녁을 들면서 싱글리쉬(싱가폴식 영어)로 재미있는 대화도 나누었다. 식당에서 나오더니 두 여자는 저녁을 맛있게 먹고 즐거웠다고 깍듯이 인사하더니 돌아서는 것이었다. 그뿐이었다.

■ 이용원

수준급 이용원은 예약제로 운영한다. 먼저 라운지에서 다과를 대접받으며 대기한다. 이용 요금이 다르다. 원장이 2만 원, 기능직원은 만 원, 견습직은 5천 원이다. 우리네와 또 다른 것은 여드름을 빼는 석션 호스가 있어 자국이 안 나게 빼고 마사지를 해 준다.

중동 특수에 관한 소견

바야흐로 우리나라의 산업 경제가 고도성장을 하여 세계 10위를 견주는 오늘에 와 있습니다. 무엇보다 한국의 성장은 중동 특수의 산물이라고 말한다면 맞는 얘기이고 듣기에도 좋죠. 거슬러 올라가, 5.16으로 대표되는 경제 발전 계획은 한일 청구권 자금으로 시작되었다고 봐야겠습니다, 두 번째는 월남 전쟁에 따른 특수, 세 번째가 중동 특수임은 누구나 다 압니다. 해외 공사는 중동 이전에도 태국 고속도로와 괌 주택 공사를 수행했으나 중동 경기에 미치지는 못하였다고 생각됩니다. 중동 특수의 시발점은 1970년대 초반 이란에 원정한 우리네 트럭 운전사의 취업으로 봐도 틀리지는 않겠습니다. 덕분에 강남에 '테헤란로'라는 도로명이 생겼고, 이어서 1974년 경에 삼환기업이 사우디 도로 공사에 참여하면서 사우디 땅을 밟게 된 듯합니다. 동시에 현대건설에서 수주한 거대 규모의 주베일 산업항 건설이 있습니다. 건설사들은 아직 정식 국교가 열리지 않은 나라(리비아와 이라크 등)에도 발걸음을 옮깁니다. 근로자들이 오고 가려니 주로 여권을 취급하는 외무부의 연락 사무소가 생겼

겪어 봤어?

고, 다음에 문호가 열리어 영사관이 개설되었죠. 이윽고 양국 간의 정식 국교가 열리자 대사가 교환됩니다.

중동 특수는 항공사의 성장에도 큰 영향을 미쳤습니다. 결과적으로 이코노미 좌석이 비좁아지는 원인을 제공하였습니다. 1970년 초에 미국 유학생, 이민과 비즈니스로 출발하는 항공 노선은 한 주에 2대 정도였고 중동 노선은 한 주에 한 대꼴로 알았는데, 초창기에는 김포에서 비행기를 타면 일본 관광객이 절반, 나머지가 외국인이고 한국인은 20명 미만 정도로 기억됩니다.

중동 진출이 시작된 1973년 당시 우리나라 경제는 오일쇼크 탓에 원유 수입에 나가는 돈이 1년 만에 3억 달러에서 11억 달러로 뛰게 됩니다. "호랑이(달러)를 잡으려면 호랑이 굴(중동)로 들어가야 한다."는 절박한 상황에서 고 박정희 대통령의 염원에 따라 중동 진출이 시작된 것입니다. 얼마 안 가서 중동 특수 덕분에 상황이 달라집니다. 예를 들어 피크 때 중동에 파견된 근로자를 연간 10만 명으로 본다면 매일 비행기 한 대에 3백여 명씩을 일 년 내내 실어 날라야 되는 숫자입니다. 근로자들은 일 년 계약이 끝나면 귀국하므로 출국이나 귀국이나 우리 근로자로 가득 찹니다. 항공사가 처음에는 **전세기(Chartered Flight)로** 충당하다가 급기야 비행기 숫자를 늘리게 됩니다. 아시아나 항공사도 그즈음에 취항하기 시작했고, 겸하여 전 세계의 항공사가 중동 특수에 편승하여 자리 숫자를 늘리다가 오늘에 이릅니다. 중동 특수 당시 중동 노선에 탑승하면 거의 모두가 한국 근로자와 직원이었고 외국인은 몇 안 되었습니다.

최근에 주 사우디 대사관의 자료에 의하면 그간의 누적 수주액이 무려 **천3백억 불**에 달한다고 합니다. 유가 하락 때문에 중동 붐이 가라앉은 1997년경에는 대한항공(KAL)의 중동 직항 노선이 취소되었다가, 제2의 중동 붐이 기지개를 펴자 2012년에 부활합니다. 그 당시 우리나라의 해외 공사 수주액의 60%를 중동이 차지하고 있었답니다(근간에는 연간 수주액 600억 달러, 해외 건설시장 규모는 아시아 27%, 유럽 21%에 중동이 15% 정도). 근래에 인천공항에 가보면 근로자는 한 명도 안 보이고 중동이나 유럽에 업무 출장을 가는 사람들 10%에 한국 관광객이 70%나 되니, 이게 잘 되는 현상인지 모르겠습니다.

지금은 저도 은퇴한 지 오랜 80대 중반에 와 있으니 마땅한 자료를 찾아볼 수도 없습니다. 또 그럴 필요조차 없이 실제로 중동 특수의 주역은 건설기업이었고 이에 참여한 근로자들로 보는 게 맞겠습니다. 근로자들이 어김없이 오일머니를 한국으로 보낸 덕분에, 오일머니가 밑거름이 되어 한국 경제가 발전한 것은 아무도 부정할 수 없습니다. 동시에 참

겪어 봤어?

여한 모든 건설기업은 설계, 시공과 자재 조달에 관련된 선진국의 기술을 일찌감치 익혀서 산업 발전의 기틀을 잡게 됩니다.

그러나 중동 특수는 동전의 양면처럼 명암이 있는 것도 사실입니다. 당시 한국의 건설업체가 내세울 수 있었던 장점은 서구의 기업보다 '더 싸게, 더 짧은 기간에'였습니다. 오일머니가 들어옴으로써 국내 산업과 경제 발전에는 크게 성공하였으나 건설사들이 해외에서 계속 승승장구하기에는 한계가 있었습니다. 국내 산업이 성장하여 취업 기회가 늘어났고, 반면에 인건비도 높아져서 고비용으로 저렴하게 따낸 공사를 수행하기에는 벅차게 됩니다. 그 결과 우리 근로자를 해외 현장에 직접 투입하지 못하는 시대가 되었습니다.

지금 해외에서 수행하는 건설 공사는 100% 현지 협력업체에 하도급 계약을 주고 우리는 그동안 축적된 기술을 바탕으로 설계 및 제작과 공사 관리만 하는 체제입니다. 각국의 세제도 바뀌어서, 공사수행에 적자를 내면 영업세를 유보하지만 영업 이익이 너무 크면 거의 세금으로 다 돌려줘야 합니다. 중반기까지는 해외 공사의 수주 비율이 건축, 토목, 기계, 전기 순이었는데, 지금은 기계, 전기, 토목, 그 다음에 건축의 비율로 순서가 거꾸로 되는 추세입니다. 그 대신 중동 지역에만 한정하지 않고 사업을 다각화하여 개발

도상의 세계 각국을 대상으로 뻗어나가고 있습니다.

그동안 우리 기술이 서구에 비해 월등하게 발전한 것은 아니지만, 원자력 발전, 정수 공장, 변전기, 통신기기 및 IT 분야에서는 우리나라가 두각을 나타내고 있습니다. 제가 이라크에서 북부 철도 공사를 할 때 몰려와서 이라크 정부 산하에서 현장 감독원을 섰던 중국 철도 기술자들이 이제는 세계에서 가장 길고도 험난한 공사인 천마 고속 철도에 성공하여 저마다 권위 있는 기술자가 되어 있다는 것입니다. 산소가 희박한 고원지대에 고속철도를 건설한 것은 중국이 처음이라고 생각되고, 삼협댐도 세계 기록감이라고 여겨집니다.

지금은 서구뿐만 아니라 중국, 일본과 스페인의 여러 건설사들도 중동 시장에서 선전하고 있습니다. 해외 의존도가 높은 우리 건설사는 앞으로 수주의 폭을 더욱 넓혀서 해외 건설 공사 수주 시 다양한 건설 관리 기법과 조달 관리 방식을 활용할 것을 제안합니다.

"구슬이 서 말이라도 꿰어야 보배"라는 속담이 있듯 위에 기술한 모든 상황들을 참고하여 새로운 프로젝트에 적절히 선용함으로써 성공적인 결과를 창출할 수 있기 바라며, 이를 어떻게 헤쳐 나가야 할지는 다음 세대에 맡깁니다.

다음은 제가 현대건설을 그만둔 지 10년이 지난 2014년

11월 19일 자 조선일보에 게재된 기사입니다. 저는 이 기사를 접하자 메말랐던 눈물샘이 터져 버렸습니다. 내용이 너무 감동스럽기에 전문 그대로 인용합니다.

[사우디 "한국 근로자들 그리워… 한류, 40년 전 우리나라에서 시작"]

"사우디인들은 솜씨 좋고 부지런한 한국 근로자들에 대한 행복한 기억이 있다. 요즘 더욱 그들이 생각난다."

사우디아라비아 최대 영자 일간지 '아랍 뉴스'가 17일 "한국이 우리 마을에 오시네(South Korea is coming to town)" 제하의 칼럼에서 1970~80대 중동 건설 특수(特需)의 최전선에 있던 한국 근로자들을 집중 조명했다. 칼럼 제목은 크리스마스 캐럴 '산타 할아버지 우리 마을에 오시네.(Santa Clause is coming to town)'를 빌린 것으로 보인다.

신문은 칼럼에서 "국왕(압둘라 빈 압둘아지즈)이 최근 병원, 고속도로, 철도, 경기장, 정유시설 등 전 분야에 걸쳐 대규모 공사를 해외 업체에 발주했지만, 상당수가 공기가 지연되거나 완성 품질이 떨어지는 등 문제가 발생했다"며 "이런 상황에서 1970년대 물결처럼 밀려온 1세대 한국 근로자들이 더욱 떠오른다"고 했다.

신문은 당시 상황을 "세계 첫 한류(韓流)는 우리 왕국에서 시작된 것"이라고 표현하기도 했다. 한국 건설사들은 1973년 사우디에 첫 진출한 뒤 이 나라에서만 1980년대 중반까지 해마다 최대 50억 달러(약 5조 원)까지 수주했다. 그 외에 리비아, 바레인, 이라크 등 중동 건설 현장에서 10만여 명의 한국 근로자가 벌어들인 돈은 한국 고도성장의 밑거름이 됐다.

1980년대 후반 유가 하락으로 발주량이 급감, 중동 붐이 사그라졌었다. 하지만 한국 근로자들이 남긴 성과는 지금까지 사우디인들에게 깊은 인상을 남겼다는 것이다. 당시 사우디 사회에서 한국 근로자들은 '박봉에도 일 잘하는 사람' 인상이었다. 신문에 따르면 "집안은 가난하고, 나라도 정치, 경제적으로 위태로운 악조건 속에서도 가족을 먹여 살린다는 일념으로 묵묵히 일했다"는 것이다.

사우디는 최근엔 기간 시설 공사를 중국, 일본, 프랑스, 스페인 등에도 맡기고 있다. 칼럼은 "공사비를 예전 물가에 비해 덜 주는 것도 아니고, 최신 공법도 많이 등장했는데, 완공이 지연되고 질도 떨어지는 시설물을 보며 많은 사우디인이 고개를 갸웃거린다"고 전했다.

한국 근로자들이 1970년~80년대 공기에 맞춰 고층 빌딩과 교량, 도로 등을 흠잡을 데 없이 튼튼하게 만들어 낸 장면에 익숙하기에 도무지 납득이 안 된다는 것이다. 칼럼은 한국의 탁월한 기술로 '아직도 매끈한 수도 리야드의 고가도로'를 예로 들었다. 이후에도 한국에 준 것보다 더 많은 돈을 들여 고가도로들을 만들었지만, 질은 한참 뒤떨어진다고 한다. 걸프만 연안 도시 주베일 등 전국의 산업 단지들도 건설 한류의 상징으로 꼽혔다.

국내 건설사들의 사우디 진출은 2000년대 후반부터 석유 화학, 발전, 담수 설비 수주가 급증해서 최근 '2차 중동 붐'으로 이어지고 있다. 현재 건설사 83곳이 사우디에 진출해 135건의 프로젝트(총 67조 원 규모)를 진행 중이다. 각 사 주재원, 근로자 숫자가 4000여 명까지 늘고, 2012년에는 대한항공 사우디 직항 노선이 15년 만에 부활했다.

칼럼은 이에 대해 "한국이 다시 온다"고 기대감을 보인 것이다. 칼럼은 최근 현지 언론들이 "사우디 정부 관계자들이 한국을 방문해 '미완(未完)의 대형 프로젝트를 마무리 지을 수 있도록 한국 근로자들을 보내 달라'고 요청했다"고 보도한 사실을 전하며 "사우디로 올 한국 근로자들로부터 최대한 많이 배우자"고 독려했다. "이들은 예전처럼 '숙련되고 성실하나, 값싼 인력'은 아니지만, 그래도 데려와서 사우디 젊은이의 본보기로 삼아야 한다. 변변한 천연자원 없이 '경제 기적'을 일으키며 손꼽히는 선진 산업 국가가 된 한국에서는 배울 점이 많다."

2014년으로부터 다시 10년이 흐른 지금은 어떤지....?

溫故知新

대부분의 책을 보면 표지를 넘기고 나서 글의 순서가 나오기 전에 머리글이 나옵니다. 저는 책을 몇 권 출간하지 못했지만 '머리글'이란 단어가 나오면 어지럽습니다. 저자가 펴낸 책을 읽노라면 저절로 저자의 생각을 엿볼 수 있는데 무얼 더 표현하려는지 아니면 무슨 제한을 두려는지 이해가 안 가는 겁니다. 따라서 저는 바닥글로 대신하고자 합니다. 굳이 '溫故知新'의 의미까지 설명할 필요는 없겠고, 그냥 책의 본문을 작성하고 난 후기로 보면 되겠습니다.

1970년대 초부터 일기 시작한 해외 특히 중동 건설 붐에 우리나라에서 나간 근로자와 기술자가 10만 명은 훨씬 넘는 걸로 압니다. 그중에서 수십 분이 자서전 형식으로 체험기를 발간했다고 추정되는데, 이는 해외 현장뿐만 아니라 본인의 가족사와 귀국 후의 삶에 대한 전반적인 기록이므로 공사 현장의 체험기로는 뭔가 미흡하다는 느낌이 들었습니다. 한편 해외 건설에 참여한 건설사마다 자사가 시행한 공사에 관한 자세한 기록(社史)을 출간하지만 그건 너무나 방대한 양입니다. 제 나름 18년간 해외 건설 현장에서 겪은 보잘것없는 일들이라도 사회에 돌려드리고 싶었습니다만 어언 40년이 지나서 기록도 기억도 별로 남지 않은 처지라 애써서 더듬더듬 쓴 것이 이 글입니다.

조선왕조실록(승정원일기)은 세계에 유래가 드문 사료로 우리나라가 오래 전부터 얼마나 기록에 충실하였나를 실증하고 있습니다, 이순신 장군(1545~1598)께서는 일본과 전쟁 중인 7년간의 난중일기를 쓰셨습니다. 가장 많은 책을 저술하셨다는 다산 정약용(1762~1836) 선생은 유배 기간 중에 경세유표, 흠흠신서와 목민심서 등 경서 232권과 260여 권의 문집을 쓰신 걸로 압니다. 2021년에 외교부에서 발간한 통계에는 재미 동포가 260만 명을 돌파했다는 기록을 본 적이 있습니다. 외국에서는 많은 분들이 이민 생활의 기록을 남긴 걸로 압니다. 1885년에 한국인 최초로 미국에 이민 갔다는 서재필님을 시작으로 그 이래 많은 분들이 이민에 관한 기록을 쓰셨는데, 특히 윤치호님은 1889년 경부터 영문 일기를 쓰신바, 그 원본이 미국 에모리 대학 도서관에 소장되어있다고 들었습니다. 저야 그 어르신들의 신발 끈을 매기에도 부족한 사람이지만 그냥 가슴에 묻어 버려서는 안 되겠다는 생각에서 나선 겁니다.

겪어 봤어?

ⓒ 최동수, 2024

초판 1쇄 발행 2024년 12월 26일

지은이   최동수
펴낸이   이기봉
편집   좋은땅 편집팀
펴낸곳   도서출판 좋은땅
주소   서울특별시 마포구 양화로12길 26 지월드빌딩 (서교동 395-7)
전화   02)374-8616~7
팩스   02)374-8614
이메일   gworldbook@naver.com
홈페이지   www.g-world.co.kr

ISBN   979-11-388-3849-8 (03810)